Friedhelm Kändler
Die Abenteuer der Missis Jö

Friedhelm Kändler, geboren 1950, ordentlich studiert mit Staatsexamen, zu Jugendzeiten bis dreißig unterwegs als Erwachsenbildner, Krankenhausgärtner und Telefonist, dann selbständig als Dichter, Liedautor und Bühnenkünstler, in den neunziger Jahren kamen die Preise. Gab es daraufhin auf, als Kleinkünstler die Welt zu erobern. Kändler verließ seine Heimatstadt Hannover, zog um ins hessische Haus Wildkind und schrieb. Weitere Bücher sind zumeist im Wehrhahn Verlag Hannover erschienen.

Edition
TIAMAT
Deutsche Erstveröffentlichung
1. Auflage: Berlin 2013
© Verlag Klaus Bittermann
www.edition-tiamat.de
Satz: bfn
Umschlag: Felder Kölnberlin Grafikdesign
ISBN: 978-3-89320-183-9

Friedhelm Kändler

Die Abenteuer der Missis Jö

**Critica
Diabolis
211**

**Edition
TIAMAT**

Bei den Sonnenbeins	....	7
Der verweigerte Korb	....	16
Missis Jö	....	24
Das gestörte Frühstück	....	33
Der innere Mond	....	43
Ein Lolly zur Nacht	....	53
Eine Arbeit für Pierre	....	63
Dienstbeginn	....	73
Die kleinere Straße	....	83
Robin	....	92
Der singende Frosch	....	102
Eine linksseitige Träne	....	111
Frau von Hersfeld	....	121
Der tote Bär	....	132
Blutiger Dienstag	....	143
Schrei zum Himmel	....	151

Muse: C. Weinzierl

*gewidmet
mit Nachtgrüßen gen oben
an Christa Stahr-Spolvint*

Bei den Sonnenbeins

Herr Werner Sonnenbein war Postbote aus Leidenschaft. »Gäbe es keine Briefe«, pflegte er zu sagen, »so kann ich mir das gar nicht vorstellen.«

Mit Sorge betrachtete er den Fortgang der Zeit, den Siegeszug der Computer und Telefone, die laxe Art, in der die Menschen ihre Nachrichten tauschten, kaum einer besaß noch eine Handschrift, die sich vorzeigen ließ, und überhaupt: »Die Menschen brauchen Briefe, weil sie dann sorgfältiger sind!«

Zumeist war es Frau Hertha Sonnenbein, die den Ausführungen zuhörte, geduldig die Wiederholungen ihres Gatten ertrug, bis sie das Wort ergriff und zustimmend sagte: »Außerdem möchte ich nach West-Afrika, als nächstes.«

Es war ihr Plan für den diesjährigen Urlaub ihres Mannes, zugleich eine bewährte Art, ihn zum Schweigen zu bringen. Urlaub bedeutete eine Zeit, die Herr Sonnenbein seinem Beruf nicht nachkommen konnte, und Reisen an sich empfand er als Zumutung. Doch er liebte seine Frau. Also nickte er in solchen Gesprächen, es mochte sein, dass er noch einmal Luft holte, um weiter die Vorteile der Briefkultur auszuführen, aber gewöhnlich war Frau Sonnenbein schneller, bestand darauf, auch eine Heißluftexkursion mitzubuchen und einen Tauchgang, woraufhin Herr Sonnenbein in sich zusammensank, sich ergab und die Tage zählte, die ihm noch blieben.

Bis es so weit war.

Frau Sonnenbein schwebte auf Wolken, ein nicht einfaches Verfahren, da sie im Gegensatz zu ihrem Gatten recht füllig war. Eine erhebliche Anzahl Koffer waren gepackt, gleich mehrmals, und Herr und Frau

Sonnenbein warteten auf die Urlaubsvertretung, die Herr Sonnenbein wie jedes Jahr zu sich gebeten hatte, um ihr letzte Anweisungen zum rechten Umgang mit seiner Postroute zu geben.

Dazu hatte er sich schon vor Tagen in sein Arbeitszimmer zurückgezogen, den selbst gefertigten Straßenplan herausgeholt, ihn überarbeitet — bauliche Veränderungen, Umzüge, Geschäftsaufgaben, menschliche Eigenarten der Postempfänger waren dort notiert und nummeriert, mit dem Ziel, dass bis auf die Vertretung alles wie immer sei, wenn Herr Sonnenbein gezwungen war, in West-Afrika bei Halbpension das Tauchen zu lernen oder in einem Heißluftballon über ausländische Tiere zu fliegen.

So saßen Gatte und Gattin im Wohnzimmer, an den Enden eines länglichen Glastisches vor einer großen, alt eingesessenen Couch, die wartete, den Besuch zu empfangen. Herr Sonnenbein trug seinen besseren Anzug, Frau Sonnenbein ihr geplantes Reisekleid, zudem hatte sie Parfüm benutzt und sich geschminkt, als ginge es außer Haus, in ein Theater oder eine Ausstellung mit Kunst. Sie wusste um die Bedeutung der Übergabe, dann und wann schaute sie über den Tisch, schenkte ihrem Gatten ein Mut machendes Lächeln, und Herr Sonnenbein nickte zurück.

Endlich klingelte es, pünktlich um acht Uhr, worauf Herr Sonnenbein zufrieden einatmete und Frau Sonnenbein zur Tür rauschte, um die Vertretung einzulassen.

Sie war beeindruckt. Sie zeigte es.

Frau Sonnenbein öffnete die Tür, wich zurück, ihr Empfangslächeln erfror, sie hob den Kopf, um die Größe des Mannes abzumessen, der vor ihr stand, eine mächtige Erscheinung mit schwarzem Gewucher im Gesicht, gekleidet in einem gestrigen Parka, eindeutig zu klein, und dass es draußen begonnen hatte zu regnen, lag nicht in der Schuld des Besuchers, trug aber zu seiner Erscheinung bei. Die Haare nass, die Augen unsicher, der Mund, so weit er zu sehen war, bemüht um Freundlichkeit — »Werner«, rief Frau Sonnenbein, »du musst kommen!«

Das war ungewöhnlich. Herr Sonnenbein reagierte sofort, erhob sich, trat in den Flur und schloss sich dem Staunen seiner Gattin an. Wobei er, von eher schmächtiger Statur, den Kopf noch etwas mehr heben musste als seine Frau.

»De Mon«, stammelte der Riese, »Pierre de Mon.«

Nun besannen sich beide Sonnenbeins auf die Würde des Menschen und Herr Sonnenbein mahnte seine Gattin: »Bitte den Herrn doch herein.«

»Ja«, hauchte Frau Sonnenbein.

Sie hatte mehr als dreißig Jahre ihres Lebens mit einem kleinen Bürokraten verbracht, pflegeleicht bis auf seine Abneigung gegenüber Urlaub, etwas zu leidenschaftlich, wenn es um Briefe ging, aber zu jeder Zeit gut zu unterbrechen und bis auf die Sonntage sauber rasiert. Nun stand vor ihr ein Ungetüm an Leben, eher unsortiert, eine schüchterne Wildheit mit einem Dickicht im Gesicht, schwarz und ursprünglich, einen Tag vor der Abreise in den dunklen Kontinent!

Frau Sonnenbein war begeistert. Allerdings trug der Besuch Turnschuhe, die trieften.

Also bat sie ihn nicht herein, sondern um einen Moment, den sie brauchte ein Handtuch zu holen. Darauf sollte der Besuch seine Schuhe abstellen, besser vor der Tür, und dass man für seine Größe keine Hausschuhe anbieten könne, sei ja zu erwarten. Außerdem vermutete Frau Sonnenbein, dass er Junggeselle sei, worauf Herr de Mon verlegen lächelte, während sein linker Zeh durch ein großes Strumpfloch die Wohnung der Sonnenbeins betrachtete, vorerst den Flur.

Der Parka wurde ins Badezimmer gebracht, zu dritt ging es nun ins Wohnzimmer, Herr und Frau Sonnenbein wiesen auf die Couch, wobei Frau Sonnenbein noch fragte, ob man den Tisch nicht besser etwas abrücken solle, aber die Schüchternheit des Besuchers ließ es nicht zu.

Es war keine gute Entscheidung. Ein Schmuckstück auf dem Glastisch war eine blasslila gefärbte Vase, wahrscheinlich mundgeblasen, von eleganter Höhe und mit schmalem Sockel. Herr de Mon ahnte das Unheil, behielt die Vase im Auge, während er sich seitwärts vorarbeitete, mit der Tischkante nah am Schienbein, die Couch an den Waden, behutsam und in kleinen Schritten. Es gelang. Allerdings hatte er nicht mit der Nachgiebigkeit der Couch gerechnet. Herr de Mon setzte sich, sank ein, seine Beine stießen gegen den Tisch, der Tisch blieb heil, nur — die Vase.

»Das macht doch nichts«, flötete Frau Sonnenbein, erhob sich und holte Kehrblech und Lappen. »So weiß ich wenigstens, dass da noch Wasser drin war«, befand sie im Gehen und beim Wiederkommen erklärte sie: »Das hätte ich sonst sicher vergessen.«

Sie wischte und fegte, erzählte, dass sie gestern die Orchidee aus der Vase genommen und entsorgt habe, dann habe es geklingelt, und dass man morgen ja abreise, gegen Mittag. Ob Herr de Mon schon einmal mit einem Ballon geflogen sei, wollte sie wissen, worauf Herr Sonnenbein sich räusperte und Frau Sonnenbein verstand. Es war der Tag ihres Gatten, die Postroute sollte übergeben werden, also meinte sie nur noch kurz: »Wir werden auch tauchen, also — ich auf jeden Fall«, und verschwand mit Kehrblech, Lappen und ehemaliger Vase.

»So ist das«, sagte Herr Sonnenbein. Er kannte seine Frau. Also lehnte er sich zurück, wartete ab. Noch war es nicht richtig, das Gespräch um den morgigen Tag und die Details der Arbeitsübergabe zu beginnen. Es dauerte auch nur kurz, dann war Frau Sonnenbein zurückgekehrt, in der einen Hand Papier zum Trockenreiben, in der anderen eine Schale mit Gebäck.

»Möchten Sie ein Bier oder lieber ein Glas Wein?«

»Ich trinke keinen Alkohol, also selten«, antwortete der Besuch und überwand seine Schüchternheit: »Wenn Sie vielleicht einen Kaffee hätten?«

Herr Sonnenbein nickte zufrieden. Frau Sonnenbein zog den Kopf ein wie ein junges Mädchen, das gerade erfahren hatte, dass es noch anderes gäbe auf der Welt als das, was man so kenne, und versprach: »Ich bin gleich wieder da.«

Die Männer waren unter sich.

»Herr de Mon«, begann Herr Sonnenbein, »Sie werden sich gewundert haben, weshalb ich Sie zu mir gebeten habe.« Er schwieg, erwartete eine Reaktion und bekam keine. »Darf ich Sie fragen, welchen Beruf Sie haben?« »Ich habe ein Diplom, als Pädagoge, aber ich habe noch keine Arbeit gefunden.« Herr Sonnenbein verstand. »Es ist keine leichte Zeit.« Mit umständlicher Gebärde holte er aus der Tasche neben seinem Sessel den Plan hervor, der helfen sollte, Herrn de Mon in seine Aufgabe einzuweisen. »Ich habe vier Tage keinen Kaffee getrunken«, erklärte Herr de Mon noch, »nur so als Beispiel.«

Herr Sonnenbein war verdutzt. »Wofür?« »Na ja, dass es nicht einfach ist. Also, ich habe keinen mehr.« »Ach so.« Herr Sonnenbein breitete seinen Plan aus, wie ein Feldherr vor Beginn einer großen Schlacht.

»Es mag für den einen oder anderen nicht zu den bedeutendsten Berufen gehören«, begann er seine Ausführungen, »und man könnte auch meinen, dass jeder geeignet sei, die Post auszutragen, auch ohne entsprechende Ausbildung...« Er zögerte. »Wobei Sie ja ein Diplom haben.«

Frau Sonnenbein rauschte herein, brachte Geschirr. »Mit Milch, Zucker?« Herr de Mon nickte. »Beides?« »Gerne.« Herr Sonnenbein wartete geduldig. »Lass dich nicht stören, Werner.« Sie stellte das Geschirr ab, forderte: »Und nehmen Sie einen Keks«, dann segelte sie wieder davon.

Herr de Mon gehorchte. Herr Sonnenbein wies auf seinen Plan. »Wenn Sie einmal schauen möchten...«

Es war eine faszinierende, eigene Welt, die er nun seinem Besuch eröffnete, die Welt seiner Route. Herr de Mon erfuhr von den Bewohnern des Bezirks, in dem Herr Sonnenbein seine Post austeilte, von Langschläfern, bei denen man nicht klingeln müsse, von Nebeneingängen und unterschiedlichen Hunden hinter Gattern und Wohnungstüren, von älteren Menschen, denen Herr Sonnenbein die Post ins Stockwerk brachte, was keine Pflicht sei, aber eine Menschenfreude, von Griesgramen, und es sei immer gut, höflich zu bleiben, man könne ja schimpfen, wenn die Tür wieder zu sei, von besseren Frikadellen bei dem einem Geschäft und dem wohl unangemeldeten Gewerbe im Fotoladen, von verklemmten Briefkästen und einer Haustür, die nicht summte.

Frau Sonnenbein kam dazu und mühte sich, nur selten zu unterbrechen, reichte dann und wann die Keksschale, die sich zusehends leerte, schenkte Kaffee nach, freute sich über den Durst des Besuchers und ging, eine zweite Kanne zu kochen. Als sie wieder kam, hatte sie das Kleid gewechselt, von blau zu getupft, nur mal zur Probe, für den Fall, dass es trotz Ansage nicht regnen würde.

»Ich bin immer so aufgeregt, vorher«, erzählte sie, drehte sich einmal im Kreis, dann setzte sie sich zu den Herren, plauderte fröhlich: »Werner ist ja nicht so einer, der gerne reist, aber ich muss einfach, ich kann nicht immer nur zu Hause sitzen, da fehlt mir das Abenteuer.« Worauf Herr Sonnenbein unwillig nickte, auf seinen Plan wies und ausführte, weshalb es besser sei, erst in die Weshaltstraße zu gehen und dann in die Grubengasse einzubiegen, nur so könne man vermeiden, gleich zu Beginn in der Besenstraße auszuliefern.

Nun wurde es geheimnisvoll. »Was mag es mit dieser Besenstraße wohl auf sich haben?« leitete Herr

Sonnenbein ein und bekam ein Knurren zur Antwort. Herr de Mons Magen hatte sich gemeldet. Frau Sonnenbein stand sofort auf, schüttelte den Kopf, klagte: »Warum sagen Sie denn nichts?« »Entschuldigung«, murmelte Herr de Mon und bekam einen weiteren Keks, den vorletzten. »Morgen sind wir sowieso weg«, meinte Frau Sonnenbein, »also schmier ich jetzt die Reste.« Sie stand auf, fragte: »Oder, Werner?«, wartete keine Antwort ab und kümmerte sich um Schnittchen.

»Man kann die Welt berechnen«, hob Herr Sonnenbein neu an, »aber es gibt Grenzen.« Er beugte sich vor, tippte mit dem Finger auf die Besenstraße. »Sie heißt Missis Jö. Mehr steht auch nicht auf den Briefen. Kein Vorname. Und es ist äußerst selten, dass sie Post erhält. Aber sie verlangt Post. Als sei ich dafür zuständig, als sei ich es, der die Post schreiben würde.«

Er schüttelte den Kopf, sagte: »Natürlich weiß sie es besser. Und es ist auch nicht immer so, es ist...« Er sah zu Herrn de Mon, seine Mimik erzählte von Unverständnis und Sorge. »Sie ist eindeutig nicht zu berechnen. Wenn man in der Besenstraße beginnt, oder man geht eine Route, etwas direkter, zum Beispiel über den Charlottenweg — ich meine, die Menschen wissen, wann ich komme, aber Missis Jö, wenn ich gleich zu Beginn zu ihr gehe, der Zeitplan...«

»Ja?« fragte Herr de Mon.

»Durcheinander. Und zwar erheblich, also... Unterschätzen Sie diese Frau nicht!«

Herr de Mon war beeindruckt. Frau Sonnenbein brachte Schnittchen, stolz erklärte sie: »Jetzt haben wir nur noch Konserven.« »Ich glaube ja nicht an so was«, führte Herr Sonnenbein aus, »aber was ich erlebt habe, und als Postzulieferer gerät man durchaus in Situationen...«

Er sprach nicht weiter. Der Besuch griff zu. Frau Sonnenbein verstand. »Nun sag, was du denkst«, forderte sie ihren Mann auf, »ist doch egal.«

Herr Sonnenbein holte tief Luft. »Ich denke, dass sie übernatürlich ist. Und nicht nur sie. Die Familie, also ein Sohn, der bei ihr lebt, eine Großmutter – alle.«

Er wirkte verzweifelt. »Sind Sie schon einmal einer Frau begegnet, die zufrieden in einem Schrank wohnt? Ich habe sie noch nie gesehen, aber Missis Jö redet mit ihr. Oder anders: Sollte ein junger Mann nackt die Tür öffnen, wenn die Post kommt? Unbekleidet! Weil er gut aussieht? Weil es niemandem schade, so sagt er. Verstehen Sie? Und wenn ich nicht bei ihr klingele, läuft sie mir nach.«

Herr de Mon kaute. »Sie läuft ihnen nach?«

»Ja, sie passt mich ab, auf der Straße! Ich muss mir nur fest vornehmen, dass ich dieses Mal nicht bei ihr klingele.«

»Man muss also bei ihr klingeln, auch wenn sie keine Post erhält?«

»Sie ist eine Wissende«, erklärte Frau Sonnenbein, »früher hätte man gesagt: Eine Hexe. Heutzutage ist das ja ein Schimpfwort.«

Nun hielt es Herr Sonnenbein nicht mehr in seinem Sessel aus. Er stand auf, wanderte ein wenig. »Ich denke, dass sich alles erklären lässt, eigentlich. Nur im Fall der Missis Jö...«

»Ja...?« Herr de Mon griff ein weiteres Schnittchen, Frau Sonnenbein freute sich, nickte ihm großzügig zu.

»Es geht mir nicht darum, falsche Beschuldigungen auszusprechen«, erklärte Herr Sonnenbein, »Sie werden es erleben. Man könnte meinen, sie sei verrückt, also nicht krankhaft, aber...« Er suchte Worte, sagte: »Bitte verstehen Sie mich nicht falsch, nur...« Herr Sonnenbein setzte sich wieder, beugte sich vor und machte ein ernstes Gesicht. »Das bleibt jetzt unter uns«, forderte er. Der Besuch nickte. »Ich hatte einmal einen Beinschmerz«, berichtete Herr Sonnenbein, »und sie hat mir einen Tee aufgezwungen.«

»Einen Tee?«

»Ja. Und danach...« Er sprach nicht weiter. Er war überfordert. Frau Sonnenbein übernahm. »Das waren Drogen, auf jeden Fall«, sagte sie streng, »und das ist jetzt etwas intim, aber...« Die Strenge wich, sie gönnte sich ein Lächeln. »Ich meine, Sie haben Diplom, Sie wissen ja auch was.«

»Ja?«

»In der Nacht, also — mein Werner war so was von eifrig. Und das hatten wir schon länger nicht mehr.« Liebevoll schaute sie zu ihrem Mann, erinnerte sich: »Mein Bienchen... So habe ich ihn genannt, weil er so fleißig war.«

»Hertha, bitte!«

»Aber wir hatten eine schwierige Zeit«, bestand Frau Sonnenbein. Sie schwieg. Dann schob sie leise nach: »Missis Jö muss es gewusst haben.«

»Hertha, das geht zu weit.« Herr Sonnenbein wandte sich an seine Vertretung: »Ich denke, Sie werden es selbst erleben. Berichtet ist es nicht zu vermitteln. Diese Frau ist anders. Sie...« Er zögerte, sagte: »Sie beeinflusst. Ja... Und ich bin mir nicht sicher, ob das immer nur zum Guten ist.«

»Also, Werner. Bei uns war es so. Das willst du doch nicht bestreiten?«

»Mir geht es darum, dass sie nicht zu berechnen ist.« Herr Sonnenbein sah zu seiner Frau: »Hertha, es geht mir um die Route.« Erneut wandte er sich an seine Vertretung: »Darum sollten Sie auf jeden Fall erst alle Briefe ausliefern, zuletzt in der Besenstrasse 13, und dann bei Missis Jö klingeln.«

»Auch wenn sie keine Post bekommt?«

»Ja«, sagte Herr Sonnenbein mit festem Ton, »auch dann. Es ist sicherer.«

* * *

Der verweigerte Korb

Die Nacht kam, aber der Schlaf wollte nicht folgen. Pierre hatte lange nicht mehr derart tief in eine Kaffeetasse geschaut. Gewöhnlich vertrug er ein oder auch zwei Tassen Kaffee zur Nacht, aber bei den Sonnenbeins hatte er eindeutig übertrieben. Er hatte auf Vorrat getrunken.

Doch die Zeiten waren besonders, entsprechend verlangten sie besondere Maßnahmen. Kein Geld, ein leerer Kühlschrank, schon über Tage. Weitere Bewerbungsabsagen, entweder weil er kein Foto beigelegt hatte oder weil er es tat. So mutmaßte er zumindest, natürlich gingen die Absagen nicht so weit, ihre wahren Gründe zu nennen. Die musste er selber finden.

Es war eine Kunst, die er beherrschte. Keine hilfreiche Kunst, aber wer will so was von Kunst erwarten?

»Würden Sie Ihren Bart abrasieren?« Einer hatte es gewagt, die Frage zu stellen. Immerhin. Und Pierre tat alles, um nett zu sein, um zu gefallen, nur... der Bart! Er war die letzte Bastion seines Selbstbewusstseins. Die Frage »Arbeit oder Bart« — sie war grundsätzlich!

Erneut wälzte er sich, todmüde und hellwach zugleich. Nein... Er war bereit, sich auf Schlimmstes einzulassen, und sei es eine Aushilfstätigkeit bei der Post, nur — keine Rasur! Den Bart töten, damit er seine diplompädagogischen Fähigkeiten anwenden darf, als Glattgesicht, niemals!

»Man muss doch das Gesicht sehen können.« Die Frau vom Amt, zuständig für »M bis P« — sie hatte nicht gewollt, dass Pierre es hörte. Aber sie hatte gedacht, er sei schon fort. Sie hatte nicht damit gerechnet, dass Pierre begabt war! Er konnte Büroküchen erriechen. Wo der Kaffee stand...

Was hatte sie gezetert, als sie Pierre in der Küche erwischte. »Die Ohren sollte man Ihnen lang ziehen«, hatte sie gesagt, aber dann gemerkt, dass ihre Arme zu kurz waren.

Ja... Sie besaß eine Anstellung. Weil sie adrett war und klug. Weil sie sich rasiert hatte, darum! Warum kam der Schlaf nicht? Dabei hatte Pierre schon die Nacht zuvor kaum geschlafen.

Zu viele Gedanken, zu wenig Nahrung.

Pierre hatte nichts zu essen im Haus. Nur noch Knäckebrot, das letzte Paket. Er bewahrte es im Kühlschrank auf. Die letzte Stromrechnung hatte Pierre noch bezahlen können, also brannte im Kühlschrank Licht. Aber was nutzt Licht, wenn es nichts zu sehen gibt, nur gähnende Leere?

Auch hatte er sein Diplom neben das Knäckebrot gelegt. Stolz eingerahmt, eine weitere Gabe für das Licht, zugleich eine Erinnerung an einen Sieg, dessen Nutzen zwar noch fehlte, aber er war vorhanden und mochte Zukunft bedeuten.

Ein schmaler Trost.

Du öffnest den Kühlschrank und besitzt ein Diplom.

Der Hunger war schlimm, doch Pierre hatte Reserven. Er war groß, musste mehr essen als andere, doch er hatte gut angesammelt. Schlimmer war, dass sich seit Tagen keine einzige Bohne Kaffee mehr im Haus befand, egal, wie oft Pierre nachschaute. Und das, obwohl er zu den Menschen gehörte, die behaupteten, ohne Kaffee nicht zu Bewusstsein zu gelangen. Zu dem dünnen Rest Bewusstsein seines Selbst, so viel, wie er noch vermochte wahrzunehmen...

Stopp!

Und Ruhe. Nicht wehleiden, später wieder, jetzt nicht. Jetzt schlafen! Nur wo damit anfangen? Es war klar, dass es nicht ohne Folgen bleiben würde, das Gelage bei den Sonnenbeins. Mit einer nachschenkenden Hausdame, die zur Mitternacht noch ein weiteres Kleid für die Reise vorführte, mit Karos, genügend wild für West-Afrika.

Pierre drehte sich, es half nicht. »Nette Leute«, murmelte er, »aber nichts für länger.« Erneut flogen seine Gedanken hin zu der geheimnisvollen Frau. Zu Missis Jö, sie besitzt keinen Vornamen... Wenn Verrückte von einer Verrückten erzählen, kann man sich nicht allzu sicher sein. Wie spät? Zu früh, noch immer.

Gewöhnlich schlief Pierre bis zum Mittag, ein Tribut an die Aussichtslosigkeit seines Lebens. Er hatte sein Diplom geschafft, ihm wurde eine außergewöhnliche Intelligenz bescheinigt, zugleich ein gewisses Ungeschick, diese auch umzusetzen — so erinnerte Pierre seinen Erfolg, die Rückmeldungen seiner Dozenten, ihre Versuche, ihm Mut zuzusprechen und dabei das Wort »eigentlich« zu vermeiden.

Wie hatte es Uschi ausgedrückt? Die Frau, die beinahe vollkommen war, einzig störte ihr Name und... Nun ja, er, Pierre, er störte auch. »Du liebst dich nicht«, hatte sie gesagt, »das hängt tief in dir drin. Das ist deine Größe, geh mal zu einem Psychologen.«

Nachts haben Psychologen nicht auf. Also erst mal schlafen. Mit dem Wissen im Kopf, gleich aufstehen zu müssen, sinnlos. Warum anfangen, was sowieso gleich ein Ende hat?

Lucky war zufrieden. Pierres bester Freund, sein Magen. Er war seit langem mal wieder satt. Kekse und Schnittchen, dann nach dem Kleid mit Karos noch eine Suppe aus der Konserve. Dazu Geschichten aus dem Eheleben der Sonnenbeins, aus dem Bezirk des Postboten und von den Reisen der Gattin — wenn Pierre ansetzte und sagen wollte, dass er nun gehen müsse, waren entweder Frau oder Herr Sonnenbein schneller und erzählten, erzählten...

Warum Europa auch schön sei. Und wie die Zeit sich ändere. Dass es bald nur noch Rechnungen und Werbung seien, die Herr Sonnenbein austeilte, kaum Briefe, richtige Briefe. Frau Sonnenbein war kinderlos, und er natürlich auch, aber das habe sich so ergeben. Wie kommt man raus aus einer Couch, die so nachgiebig ist, dass einem die Knie unter das Kinn reichen?

Noch Kaffee? Ja, gerne, für die nächste Woche gleich mit.

Kein Schlaf. Er kam nicht.

Endlich klingelte der Wecker. Nach Art einer hämischen Erlösung. Pierre erhob sich, zog sich an. Gebückt, wegen der Schräge in seinem Zimmer. Vermietet von einer älteren Dame, die darauf wartete, dass er endlich die Miete bezahlte. Eine freundliche, ältere Dame, sie hat selber nicht viel — verdammt! Zwölf Quadratmeter unter dem Dach, eines von sechs Pferchzimmern, mit Gemeinschaftsdusche auf dem Flur.

Pierre griff sich Unterwäsche, machte sich auf den Weg. Die Dusche war nicht besetzt, gut... Ausziehen, die Strümpfe anbehalten, so ist es sicherer. Duschen. Dann hinsetzen, die Füße waschen, dann anziehen. »Ja«, redete er mit sich selbst, »ich liebe mich nicht. Ich habe keine Vorbilder.«

Das kalte Wasser hatte geholfen. Aus einer Ecke kroch Mut. Der Tag fügte sich. Pierre kehrte zurück in sein Zimmer, ein Blick aus der Dachluke: Grauer Morgen, auf den Straßen erste Menschen. Also los, die Post abholen... Und: Halt! Beinahe hätte Pierre vergessen, den Plan des Sonnenbein einzustecken. Kurz überlegte er, es absichtlich nicht zu tun. Aber wer sich nicht liebt, sollte zumindest tun, was von ihm verlangt wird, oder?

Auch Lucky war aufgewacht. Er wirkte irritiert, weil er noch satt war, zumindest annähernd.

»Gehen wir?«, fragte Pierre.

Der Plan half tatsächlich. Die Müdigkeit kam zurück. Doch mit dem Plan war es erlaubt. Kein Suchen, nur ein Abarbeiten. Der alten Frau aus der Herzogstrasse muss die Milch mit hochgebracht werden, der Kiosk am Werderplatz nimmt die Post für den Sentaweg 24 an, so wird der Kontakt mit den zwei Dobermännern vermieden, ein Herr Rheinsheimer steht an der Straßenbahnhaltestelle und wartet — alles wie beschrieben, der Bezirk des Herrn Sonnenbein war bestens organisiert. Es war Zeit eingeplant für ein Gespräch hier und da, eine Erklärung, dass Pierre nicht Herr Sonnenbein sei, nein, tatsächlich, und die Frikadelle in der Gunsthofer Allee gab es umsonst, weil Pierre kein Geld hatte. »Sie ist reserviert, also nehmen Sie schon«, sagte der Mann hinter dem Tresen, früh morgens bestens gelaunt.

An sich ein guter Tag. Ohne Regen. Ein Tag für getupfte Kleider. Lucky darf eine Frikadelle essen. Die Tasche mit der Post wird leichter, es ist so gut wie geschafft, nur noch die erste Hälfte der Besenstrasse bis zur Hausnummer 12, danach umkehren, die Straße zurück und um den Block rum bis hin zur letzten Auslieferung im zweiten Straßenteil...

»Huhu!«

Pierre sah nach oben. Ein Haus weiter, eine Frau schaute aus dem Fenster im obersten Stock, sie winkte, eine Frau mittleren Alters, eher klein, viel war nicht zu erkennen. Das war sie also, das musste sie sein.

»Warten Sie kurz!«

Es wäre unhöflich gewesen, jetzt umzudrehen und weiter zu gehen. »Ich bin schüchtern«, murmelte Pierre, »ich neige nicht dazu, mich zu widersetzen.« Außerdem war er neugierig. Wenn er jetzt für die kurze, letzte Strecke den Plan des Sonnenbein nicht mehr erfüllte...

Die Frau war wieder zu sehen. Sie wuchtete einen Korb über die Fensterbank, ließ ihn an einem Seil herunter. »Alles wird gut«, rief sie. Pierre vermutete, dass er die Post, die er nicht besaß, in den Korb legen sollte. »Sie bekommt so gut wie nie Post«, erinnerte er die Worte Sonnenbeins, »aber sie ist ganz wild darauf.«

Vorsichtig näherte sich Pierre. Der Korb erreichte seine Augenhöhe. Lucky knurrte. Im Korb lag eine dicke Fleischwurst, sie dampfte. Daneben eine Semmel, ein Ei, eine kleine Flasche Saft und... Es roch nach Kaffee! Ein Pappbecher, geschlossen, aufgestellt im Korb, in der Mitte, zentral, bedeutend und verführerisch. Dazu eingepackter Zucker, Kondensmilch und — richtige Milch! Vollmilch, halbfett, die Frau war eine Wissende, ja!

»Huhu!«, winkte es erneut von oben.

Jetzt wusste Pierre, warum ihn die Sonnenbeins derart gefüttert hatten. Damit er Widerstandskräfte besaß! Auch die Sonnenbeins waren Wissende, würdige Gegner, nun war es klar! Er, Pierre, war das Opfer im Kampf zweier Parteien, einer noch unbekannten Missis Jö, jener Frau, die oben aus dem Fenster hing, und eines Postboten mit Gattin, die von Anfang an Pierres Schwächen erkannt hatten: Wurstsemmel und Kaffee!

Wobei Missis Jö präziser war, bei den Sonnenbeins hatte es Gebäck, dann Schnittchen und Suppe gegeben, zweite Wahl. Doch darum hatten sie ihn abgefüllt! Damit er seinen Widerstand zeigen konnte, damit er satt und gewappnet war!

»Nehmen Sie den Korb ruhig mit«, schrie es von oben, »und bringen Sie ihn später hoch, keine Sorge!«

Pierre nahm alle Kraft zusammen. »Danke«, rief er zurück, »vielen Dank, aber jetzt nicht.« Dann drehte er, als gäbe es weder den Korb noch Luckys Entsetzen, und ging, als sei es das Selbstverständlichste der Welt, die Straße zurück, ohne Eile, ohne Wurstsemmel und Kaffee, scheinbar unbekümmert. Es verlangte alle Kraft. Aber es wäre schlimmer gewesen, hätte Pierre zugegriffen. Oder...?

Nein, kein Zögern. Weiter gehen.

Ein Mann benötigt Stolz, auch wenn er ihn längst aufgegeben hat, aus Gründen, die nur eine Uschi kennt und vielleicht noch dieser und jener Dozent, egal. Große Aufforderungen gebären große Taten! So absurd es auch sein mochte, Pierre behielt den Plan des Sonnenbein bei, es gab ihm das Gefühl, zumindest ein wenig mehr als ein Niemand zu sein, ein Niemand mit Diplom und pleite, aber mit Stolz! Pierre ging seinen Weg, den des Sonnenbein, und es erfüllte ihn, gab ihm zurück, was er meinte schon lange nicht mehr zu besitzen:

Freiheit, Eigensinn, Größe!

Er bog um die Ecke und als sei nichts geschehen, begann er die letzten Briefe in Postkästen einzuwerfen, Rechnungen, böse Zahlungsaufforderungen, Werbung, sogar eine Postkarte war dabei, ein Urlaubsgruß!

Dann ging es zurück in die Besenstraße. Nun von der anderen Seite.

Vorsichtig trat er an den Rand des Bürgersteigs, um zum Fenster der Missis Jö hoch zu schauen. Niemand zu sehen, gut. Nur noch wenige Häuser. Keine Zwischenfälle. Dann das vorletzte Haus... Pierre verteilte die Post in die Briefkästen, wenige Briefe blieben über, die letzten Briefe für die 13, nur noch sie einwerfen, dann hoch zu Missis Jö, zum Schluss...

Warum...?

Es war eine Anweisung des Sonnenbein, aber es gab keinen Grund, kein Brief, keine Rechnung oder Ähnliches. Pierre kontrollierte die Post, ein weiteres Mal. Keine Post für Missis Jö — so wie es der Sonnenbein vorausgesagt hatte. Und er, Pierre, war eine Aushilfe, nicht mehr. Die Arbeit war erledigt.

Pierre überkam das Elend. Ohne Ankündigung. Ein mächtiges Elend, mit schwarzem Bart und Löchern in den Strümpfen. Seine Knie wurden weich. Pierres Kraft hatte gereicht, den Korb zu verweigern, die Briefe weiter auszuteilen, einmal um den Block herum...

Ihm wurde schwindelig. Er griff nach dem Treppengeländer, kleine Funken tanzten vor seinen Augen. »Einen Moment Ruhe, ich bin völlig überdreht, ich brauche Ruhe.« Er atmete schwer, kämpfte sich vor, sank auf die Stufen der Haustreppe. »Verdammt«, murmelte er, »was ist das?« Auch Lucky war schlecht. Pierre spürte den Reiz sich zu übergeben, es kam aber nur ein Aufstoßen dabei heraus. »Psychisch«, befand er, »es ist psychisch. Wir sind am Ende. Wir haben gesiegt, aber nur ein Gefecht, nicht den Krieg, ja — es ist nur aufgeschoben. Der nächste Korb, der haut uns um.«

Pierre entschied, noch etwas sitzen zu bleiben.

»Weißt du, Lucky«, flüsterte er, »wir zwei sind ziemlich allein. Und weißt du, wann man das merkt? Wenn man mal nicht allein ist, dann.« Lucky schwieg. »Wir waren einfach zu lange nicht mehr im Leben drin«, erklärte Pierre, »das ist es. Das ist wie ein großer, schwarzer Bart. Du versteckst dich dahinter, aber mach ihn mal ab und guck, wie du aussiehst! Das kann dann noch schlimmer sein.«

Stille.

»Ja, du hast recht. Ich drehe durch. Und ich hätte den Korb nehmen sollen. Das war bestimmt ein Kaffee, so wie er sein muss! Die Frau ist eine Wissende, also kann sie Kaffee aufbrühen, oder? Ich mach ziemlich viel verkehrt, besonders wenn ich denke, dass ich grad mal großartig bin.«

Wieder Stille.

»Wie hältst du das aus mit mir?«

Keine Antwort.

»Komm, wir gehen, Wir lernen sie mal kennen, diese Missis Jö. Ich bin völlig kaputt, aber...« Pierre erhob sich. »Ich habe keine Lust, dass wir nach Hause gehen und ich habe es nicht getan.« Er ging zur Tür, trat auf die Straße. Dann, stolz und müde, näherte er sich dem Hauseingang, dem letzten an seinem ersten Vertretungstag.

Besenstraße 13. »Sie ist also eine Hexe?« murmelte Pierre. »Na, mal sehen.«

* * *

Missis Jö

Die Haustür war nur angelehnt. Pierre trat in einen geräumigen Flur mit hoher Decke, das Haus war alt, stammte aus einer Zeit, in der Menschen noch größer waren. Und sei es nur innen.

Ein Kinderwagen und ein Rollator parkten hintereinander, in der richtigen Reihenfolge. Der Rollator besaß eine Hupe. Sie lockte, doch Pierre hielt sich zurück. Neben den Briefkästen stand eine einsame Topfpflanze, raumgreifender Farn. Pierre musste die Blätter zur Seite streifen. Er verteilte die letzten Briefe in die Postkästen, dann überlegte er, zurück vor die Tür zu gehen und zu klingeln.

Er entschied sich dagegen, begann den Aufstieg. Eine kurze Treppe führte zum Erdgeschoss, zwei Wohnungstüren, neben der rechten Tür stand ein bunter Marterpfahl in Kindergröße. Auf halber Treppe darüber wachte ein Gipsengel, die Art, die auf Friedhöfen trauert. Er schaute aus dem Flurfenster, in den Hof. Pierre hielt an, folgte seinem Blick, sah gewöhnliche Welt hinter den Häusern, mit abgestellten Fahrrädern, Mülltonnen, ein kleiner Sandkasten ohne Kind.

Er stieg weiter, vorbei an einer Rembrandt-Kopie im aufwändigen Rahmen. Der Mann mit dem Goldhelm, und mit aufgemalter Sonnenbrille. Daneben klebte ein Starschnitt mit fehlendem Bein, irgendein junger Sänger.

Erster Stock, nun gab es drei Wohnungstüren statt der zwei im Erdgeschoss, neben der mittleren prangte eine Messingtafel mit eingestanzten Großbuchstaben: LIEBE — darunter stand: »Mittwoch, 14.00 bis 16.00 h«.

Kleine Stoffpuppen mit starren Knopfaugen säumten die Treppe zum nächsten Geschoss, eine diente wohl als Nadelkissen. Vor dem Fenster auf halber Höhe stand ein Aquarium, mit unsterblichen Fischen darin, bunte Plastikfische. Eine Katze, schneeweiß und groß, hockte davor, betrachtete die Ewigkeit. Sie drehte den Kopf, schaute zu Pierre, beschwerte sich mit einem lauten, klagenden Ton. Pierre näherte sich. Die Katze zeigte einen Buckel, sie fauchte, floh die Treppe hoch.

Zweiter Stock, der Geruch von Bohnerwachs wurde stärker, dazu... Das Bohnerwachs war angemischt mit Sauerkraut. Hinter einer der Türen wurde gekocht.

Und weiter...

Es wurde dunkler, das Fenster auf dem Sockel zum dritten Stock war verhängt. Ein Plakat forderte den Tod der Sonne. Das Treppenhaus verwandelte sich. Als führe es in das Stockwerk eines anderen Hauses. Nun gab es nur eine Tür, in der Mitte, eine mächtige Doppeltür mit Rundbogen, der bis an die Decke reichte. Zwei Löwenköpfe mit Ringen im Maul zum Klopfen bewachten den Einlass. Wer ihn begehrte, konnte ihn beidhändig fordern.

Der Putz um den Türbogen war weg geschlagen, rotes Mauerwerk rahmte die Tür. Schwere Leuchter standen an den Seiten, mit schwarzen Kerzen darin, die müde flackerten, elektrisch. Zur Linken reihte sich eine Galerie Hausschuhe in allen Größen, es war auch ein Paar dabei, das Pierre gepasst hätte. Das Schild neben der Tür war nicht lesbar, zumindest nicht für Pierre. Kyrillische Schrift, vermutete er.

Die Wohnungstür der Missis Jö? Eine Tür, geeignet in die Halle eines Schlosses zu führen, statt in eine Wohnung im dritten Stock eines Miethauses.

Pierre entschied, die Treppe weiter hoch zu steigen. Sie mochte zum Dachboden führen, er wollte nachsehen. Die Frau hatte aus dem obersten Fenster gewunken.

Nun wurde es wirklich unheimlich. Es gab einen vierten Stock, er war tapeziert, mit einer Rosentapete!

Allerdings nur zum Teil. Weil die Tapete nicht gereicht hatte? Oder die Arbeit wurde abgebrochen, als auf halber Strecke sichtbar wurde, wohin sie führte.

Abgebrochen aus Gründen ästhetischer Vernunft. Vor Jahren, die Tapete war alt, sie hatte ihre guten Tage hinter sich. Weiße Flecken zeugten von ehemaligen Bildern, einzig eine Kuckucksuhr hatte überlebt, hing an der Wand, nein... Kein Ticken, keine Zeiger. Sie hatte nicht überlebt. Aber der Kuckuck war draußen, ein Glück! Wer möchte in einer Uhr wohnen, die sich niemals öffnet, weil die volle Stunde gekommen ist?

Aber so, befand Pierre, so war es gnädig.

Er nahm die letzten Stufen. Zwei Türen, die linke besaß eine Katzenklappe. Die rechte Tür stand halboffen. Es gab kein Namensschild, aber eine Klingel. Pierre überlegte sie zu nutzen, dann aber wollte er erst einmal sehen, worauf er sich einließ. Vorsichtig schob er den Kopf vor, lugte in die Wohnung, erblickte am Ende des Flurs einen Kopf, der so wie er um die Ecke lugte.

»Das ist wunderbar, dass Sie nicht klingeln«, sagte der Kopf, »ich bin doch so furchtbar schreckhaft.«

Es war eine Frau, geschätzte fünfzig Jahre alt, mit lebhaften Augen und einem Lockenkopf. Nun trat sie in den Flur, klein und schlank, gekleidet in einem schrecklichen Jogging Anzug, helles Grau, die Sorte, die von Bequemlichkeit erzählt, ohne Rücksicht auf mögliche Betrachter. An den Händen trug sie dicke Handschuhe, zwei Krokodile, die wohl als Topflappen dienten. Sie winkte Pierre mit dem einen Krokodil, freute sich: »Kommen Sie in die Küche, ich hab gerade frei.«

»Guten Tag«, antwortete Pierre.

»Kommen Sie!« Die Frau ging Pierre entgegen, dann drehte sie um, es sah aus wie ein fröhlicher Tanz, lief zurück. »Das ist, weil ich Ahnungen habe«, plauderte sie ohne Rücksicht, ob Pierre folgte, »deswegen hasse ich es, wenn es klingelt. Ich tue alles, um zu vermeiden, dass es dazu kommt. Wissen Sie, ich ahne das vorher, und dass ich mich erschrecke, das ist, weil ich wieder recht hatte, es ist wirklich ein Fluch. Möchten Sie Ahnungen haben, die immer funktionieren? Aber ich wusste gleich, heute kommt einer, der klingelt nicht!«

Pierre betrat den Flur, vorsichtig schaute er sich um. »Nur zu«, rief die Frau, »wir haben keinen Hund. Und das mit meinem sogenannten Sohn, das ist ein Gerücht.«

»Nun gut«, murmelte Pierre, mehr zu sich selbst. Er steuerte den Flur entlang zur Küche. »Natürlich ist da auch was dran«, redete die Frau, »aber es ist völliger Quatsch, dass er beißt!«

Pierre mochte die Küche. Sie bot viel Platz, zeigte Eigenwillen, besaß einen alten Herd, der von Zeit und Wärme erzählte, daneben Regale, eine Spüle, ebenfalls aus vergangener Zeit, Hängeschränke, jeder anders, in der Ecke stand ein Spiegel mit Goldrahmen, mannsgroß, dass sogar Pierre sich hätte vollständig sehen können, wäre die Spiegelfläche geputzt. So aber zeigte sie nur einen Rest Pierre, eine Ahnung Mensch hinter Staub. Es gab einen großen Holztisch mit drei Stühlen, ein Puzzle lag auf dem Tisch, erste Stücke hatten zueinander gefunden, die meisten lagen noch in ihrer Schachtel. Ein riesiger, reich verzierter Kleiderschrank bedeckte fast die gesamte Wand auf der anderen Seite der Küchenfront. Auf ihm lagen Papierrollen und Bücher, in einer Höhe, unerreichbar für die kleine Frau, die nun mit blitzenden Augen vor Pierre stand und sich freute.

»Sie haben gut Platz hier«, bemerkte Pierre.

»Ja«, nickte Missis Jö. »Und wer hätte gedacht, dass Sie so groß sind. Das ist ja wunderbar, da haben Sie ja auch viel Platz.«

»Ich?«

»Na ja, wer ist hier groß?«

»Wofür hab ich Platz?«

»Was für eine Frage!« lachte Missis Jö. »Wozu sind die Menschen groß? Damit sie mehr essen können, sie können viel länger genießen. Und für Veränderung, dafür. Alle Veränderung benötigt Platz, das wird zu häufig vergessen.«

»Aber es ist schwieriger, Schuhe in meiner Größe zu finden«, bemerkte Pierre.

Missis Jö war einverstanden. »Natürlich. Es geht ja auch nicht, dass alles nur von Vorteil ist. Ich zum Beispiel bin klein. Also kann ich besser ausweichen. Aber das macht auch nicht immer glücklich.«

Pierre nickte. »Jeder nach seiner Art«, sagte er.

Missis Jö zog die Topflappen aus. »Dann höre ich mal mit dem Puzzle auf«, beschloss sie. Sie strahlte zum Postboten. »Ohne Behinderung kann das jeder, deswegen mache ich es mir gern etwas schwerer.« Sie wischte die wenigen, bereits zueinander gefügten Puzzleteile zu den anderen in der Schachtel, räumte sie fort. »Aber jetzt setzen Sie sich, dann können wir reden. Was bin ich froh, dass Sie nicht geklingelt haben! Das macht der Sonnenbein nämlich, jedes Mal. Als ob ich etwas gegen ihn habe.«

Pierre stellte fest, dass er in der Küche der Missis Jö stand. Ohne Grund. Es gab keinen Brief, keine Rechnung, nur die Mahnung des Sonnenbein, dass niemand Missis Jö entkommen könne. Darum war er also zu ihr hochgestiegen, erschöpft, vom Leben gebeutelt und todmüde wie er war?

Er setzte sich, sagte: »Aber ich habe keine Post.«

»Natürlich nicht, wer soll mir auch schreiben? Es ist doch alles in Ordnung.« Sie setzte sich ebenfalls. »Sie sind die Post, das muss reichen. Und es ist besser als ich gedacht habe.«

»Wie meinen sie das?«

»Na ja, wenn jetzt einer gekommen wäre wie das letzte Mal, als der Sonnenbein in Urlaub war, mit dem war ja gar nichts anzufangen. Der wollte immer nur erzählen, der konnte reden, also, dagegen bin ich ein Wasserfall.«

»Hä?«

Missis Jö grinste. »Er hat es versucht, aber ich habe gewonnen.«

Pierre riss sich zusammen. Er fühlte sich wohl, aber am falschen Ort. Er hätte ohne Schwierigkeiten umfallen können und schlafen.

Missis Jö lächelte. Sie legte den Kopf schief, schaute Pierre an wie ein kleines Wunder, dann sagte sie mit sanfter Stimme: »Es ist gut, dass du nach Hause gekommen bist.«

»Was?«

»Ach, ich bin aber auch immer so plötzlich.« Missis Jö stand auf, ging zum Herd. »Frühstück?«, fragte sie.

Pierre hing noch ihren Worten nach. Hatte die Frau wirklich gesagt, dass es gut sei, dass er, Pierre, nach Hause gekommen sei? Er beschloss, auf sich acht zu geben. In verrückter Gesellschaft ist es wichtig, normal zu bleiben. Man soll nicht mit Kindern in Kindersprache reden, mit Zugereisten in gebrochenem Deutsch, man soll bei sich bleiben. Besonders wenn man ein Diplom hat, das niemand braucht.

»Einen Kaffee würde ich nehmen«, sagte er. »Das ist prima«, freute sich Missis Jö, »ich mag es nicht, wenn die Leute nein sagen, aber in Wirklichkeit würden sie gerne.«

Pierre verstand. Es war eine Anspielung. Die Frau war verrückt, aber nicht dumm.

»Ach, Herr Je!« Missis Jö sah sich um, als suche sie etwas. »Jetzt ist die Milch bei Mutter, ich bin aber auch unaufmerksam.« Sie ging zum Kleiderschrank, klopfte an, rief: »Kann ich die Milch wieder haben?« Der Schank antwortete nicht. Missis Jö schüttelte den Kopf. »So ist das! Dabei habe ich doch geahnt, dass Sie kommen.«

Pierre schwieg. Das Theater lief, am Anfang ist es schwer, alles zu verstehen. Besonders bei den modernen Stücken.

»Aber ich will jetzt nicht da rein und stören«, meinte Missis Jö. »Nehmen Sie ausnahmsweise mal die Kondensmilch?« Sie erstarrte, rief: »Halt! Es ist umgekehrt, Mutter hat die Kondensmilch und ich... Das ist typisch! Die Erinnerung täuscht die Wirklichkeit. Ich habe ihr die Kondensmilch ausgeliehen und die halbfette ist...« Sie legte die Hand an die Stirn, konzentrierte sich. »Im Kühlschrank!«

Missis Jö rannte los. Sie verließ die Küche, den Flur entlang, öffnete auf halber Strecke eine kleine Tür, eisige Luft strömte ihr entgegen, sie drang vor, war verschwunden, dann kam sie zurück, schüttelte sich vor Kälte und hielt stolz die halbfette Milch in die Höhe. »So ein Ordnungssinn«, rief sie, »so ein Unfug. Für die kurze Zeit hätte ich die Milch doch auch draußen lassen können!«

Glücklich kehrte sie zurück. »Den Kaffee mache ich jetzt frisch, das ist besser. Kaffee muss jung sein, jung und stark – von wegen, ihn vorbereiten, weil ich ja schon weiß, dass die Post kommt, ihn dann in der Thermoskanne aufbewahren, nein, da wird er bürgerlich. Solange wir das nicht nötig haben, ich meine...«

Sie sprach nicht weiter, machte sich an die Arbeit. Sie öffnete einen der Hängeschränke, holte Bohnen heraus und eine Kaffeemühle. Sie setzte Wasser auf, in einem zweiten Topf die Milch.

Pierre entschied sich nachzufragen. »Sie meinen?« Erschrocken drehte sich Missis Jö um, rief: »Das habe ich geahnt! Dass Sie das wissen wollen!« Sofort beruhigte sie ihren Besuch: »Aber keine Angst, es ist nicht so schlimm wie beim Klingeln. Außerdem bin ich selber schuld, ich habe es ja angesprochen.« Sie schüttete Bohnen in die Mühle. Pierre gab ihr recht. »Einverstanden«, sagte er. »Schuld, das sind wir selbst.«

»Genau! Und versuch mal, Thermoskannenkaffee zu zuckern, ohne dass er sofort an Geschmack verliert.«

»Unmöglich«, bestätigte Pierre.

»Ja, da sind wir uns einig.« Sie wandte den Kopf, lauschte. »Gleich geht es los«, flüsterte sie.

»Was geht los?«, fragte Pierre.

»Das Telefon«, sorgte sich Missis Jö, »ich sollte es besser hier rüber in die Küche holen. Hinlaufen muss ich sowieso.«

Pierre entschied sich, nichts zu sagen. Manche Probleme lassen sich nicht von Besuchern lösen.

»Ja, es ist klüger«, entschied Missis Jö und rannte los, bog vom Flur in eines der angrenzenden Zimmer ab, kam zurück, in den Händen ein altes, schwarzes Telefon, dessen Schnur sie hinter sich her zog, bändigen musste, wenn die Schnur nicht wollte wie Missis Jö. »So«, meinte sie und stellte das Telefon auf dem Küchentisch ab, »vermeiden kann ich es sowieso nicht, also soll es klingeln.«

Erneut entschloss sich Pierre zu schweigen. Es gibt also noch Schnurtelefone, dachte er, aber teilte es nicht mit. Er fühlte sich mehr und mehr als Publikum, das zusätzlich zu einer Vorstellung demnächst noch einen Kaffee bekommen würde.

Missis Jö setzte sich zu Pierre, behielt das Telefon im Auge. »Das ist heute ein schwieriger Tag«, seufzte sie, »und manchmal bin ich wirklich nicht gern allein. Haben Sie Kinder?«

Das war plötzlich. Pierre schüttelte den Kopf. Missis Jö schaute kurz zu ihm, dann wieder zum Telefon. »Ich habe das einmal mitgemacht«, sagte sie, »lassen Sie besser die Finger davon.«

Pierre erinnerte die Worte des Sonnenbein. Der Sohn, der nackt die Tür öffnete, weil es doch niemandem schade... »Sie haben einen Sohn«, stellte er fest, »so viel ich weiß...« »Na ja, es ist durchsetzt.« Missis Jö ließ das Telefon nicht aus den Augen. »Er ist ein feiner Kerl, ich kann da nichts gegen sagen, und rein öffentlich haben wir uns entschieden, dass ich seine Mutter bin.«

Pierre sortierte die Worte. »Aber?« folgerte er.

»Wie die Kinder eben so sind. Man mag sie, aber das Eigenleben stört.«

»Wie alt ist er?«

»Minderjährig. Aber nicht mehr lange, noch drei Monate, dann wird er achtzehn. Das ist das Gute. Er kann laufen, sich selber anziehen — nur da muss ich aufpassen, das mag er nicht.«

Das Telefon blieb still.

»Vor vier Jahren ist er mir weggenommen worden«, berichtete Missis Jö, »und als ihn der Breitenkopf nach zwei Tagen wiederbrachte, war alles anders.« Sie hob den Kopf, lauschte. »Wir haben ihn dann aufs Land gebracht, wegen der Pubertät, aber das war auch keine Lösung.« Missis Jö schaute äußerst besorgt. »Herr Postbote, wenn es gleich klingelt, bleiben Sie dann noch etwas bei mir? Ich bewältige so ziemlich alles, nur...«

Sie verstummte, bewegte den Kopf, ächzte, ihre Augen drehten sich, sie flüsterte: »Gleich... Gleich ist es so weit.« Ein Ruck ging durch ihren Körper, ihr Kopf schoss vor, wieder fixierte sie das Telefon, fragte: »Haben Sie einen Namen?«

»Ich?«

Kurz wandte sich Missis Jö vom Telefon ab, sah zu Pierre. »Na, wer denn sonst hier?« Erneut starrte sie aufs Telefon, als würde es jeden Moment beginnen zu fliegen. Oder Ähnliches. »De Mon«, sagte Pierre, »Pierre de Mon.« Er veränderte seine Lage, legte die Arme auf den Küchentisch, schob so wie Missis Jö den Kopf vor, half beim Bewachen des Telefons. Was immer geschehen mochte, er wollte, dass er dabei war.

Das Kaffeewasser pfiff. Missis Jö löste sich, stand auf. »Es dauert wohl noch«, meinte sie, »aber lange kann es nicht mehr sein.« Sie ging zum Wasser. »Jaha«, sang sie, »ich komme schon.«

* * *

Das gestörte Frühstück

Staunend beobachtete Pierre die Vorbereitungen der Missis Jö. Sie öffnete einen der Hängeschränke, holte eine Rolle Papier heraus, riss einen Bogen ab und breitete ihn aus. Sorgfältig legte sie einige heile Bohnen auf das Papier, häufte darüber den gemahlenen Kaffee, dann kramte sie eine Schnur aus einer Schublade, maß die Länge an ihrem Unterarm, griff eine Schere und schnitt die Schnur ab. Sie wickelte den Kaffee ein, bastelte einen Sack, eine Art Teebeutel, nur eben für Kaffee, und ließ ihn probehalber an der Schnur baumeln. Der Ofen surrte, also unterbrach sie, stellte den Sack ab, holte eine Semmel aus dem Ofen und platzierte sie auf einen Teller. Von einer Topfpflanze auf der Anrichte pflückte sie etwas Grünes, es mochte Petersilie sein. Sie dekorierte die Semmel, brachte den Teller — fast wäre er ihr aus der Hand gefallen.

Das Telefon klingelte.

Missis Jö griff sich ans Herz. »So«, meinte sie, »jetzt ist es so weit.« Sie stellte den Teller mit der Semmel ab, sagte: »Am besten, Sie schweigen, ich regele das.« Es klingelte erneut. Missis Jö legte die Hand auf den Hörer, zögerte und schob nach: »Wir können auch ›du‹ sagen, dann hätten wir das schon mal hinter uns.«

Sie wartete kein Einverständnis ab. Mutig hob sie den Hörer an ihr Ohr, schrie: »Ja, ich habe es gehört! Sie können aufhören zu klingeln!«

Das Theater ging weiter, nun mit einem weiteren Mitspieler, nicht sichtbar. »Die Polizei?« fragte Missis Jö. Pierre fand, dass es ein brisanter Mitspieler war. Auch Missis Jö stellte fest: »Oh, das ist unangenehm, oder?« Die andere Seite gab eine Antwort, Missis Jö zeigte ein unwilliges Gesicht. »Nein«, sagte sie, »das ist nicht mein Sohn, aber ich denke, ich kenne ihn.« Sie hielt die Sprechmuschel zu, flüsterte zu Pierre: »So ist es sicherer.« Sie telefonierte weiter: »Er behauptet das gern, und ich kümmere mich auch, er hat sehr komplizierte Verhältnisse.«

Wieder sprach die andere Seite. »Im Zoo?«, fragte Missis Jö nach. Sie regte sich auf: »Das soll er nicht, und das weiß er genau!« Wieder hörte sie zu. »Er hat sich was...? Ohne Kleidung?« Nun zog sie den Kopf ein, meinte: »Also, alles...? Ach, du lieber Himmel!« Dann folgerte sie: »Aber wenn er nichts an hat, dann kann er auch keine Papiere bei sich haben, oder? Ich meine, wo denn?« Sie zwinkerte Pierre zu, es schien alles gut zu laufen. Oder Missis Jö zwinkerte gern mal beim Telefonieren, es war eine weitere Möglichkeit.

»Nein, ich weiß, was am besten ist. Der Breitenkopf, der kennt die Eltern, alle drei. Das ist ja das Problem. Oder – das ist ein Teil davon. Aber den sollten Sie anrufen, der ist auch zuständig.«

Die andere Seite sprach, Missis Jö schüttelte den Kopf, sie war nicht einverstanden. »Da haben Sie sicher recht«, sagte sie, »einerseits.« Sie hörte weiter zu, nun gab sie ein bedenkliches »Oh oh...« von sich, legte den Hörer zur Seite und kümmerte sich um die Milch, die drohte überzukochen. Sie nahm den Topf von der Herdplatte, rührte in der Milch, sah nach der Fleischwurst, drehte an einem Herdknopf, rief: »Sekunde noch!«, dann kehrte sie zurück zum Telefon. Sie hob den Hörer, redete drauf los: »Das ist ja nicht das erste Mal. Packen Sie den Jungen einfach in eine Decke und geben Sie ihm einen Kauknochen oder so was.«

Es gab eine Reaktion. Missis Jö wedelte mit der Hand, als habe sie sich verbrannt. »Wirklich, das meine ich so. Der Junge ist etwas seltsam, dann wird er ruhiger. Das ist der Kopf, verstehen Sie?« Nun war wieder die andere Seite dran. Missis Jö fasste den Hörer, so dass ihre Hand erneut die Sprechmuschel bedeckte, hielt den

Hörer hoch in die Luft, schüttelte die Telefonschnur. »Wenn es klappt, dann knistert es jetzt«, flüsterte sie, »die Schnur hat einen Fehler. Aber er ist nicht immer da, wenn man ihn braucht.«

Sie lauschte. Die Gegenseite redete. »Also, wenn Sie nur einen Moment nichts tun, dann ruft Sie der Breitenkopf an. Ich sag dem Bescheid, dass der sich meldet, oder ich gebe Ihnen die Nummer. Der ist Spezialkommissar oder wie das heißt, bei einer Sonderdingsbums, der weiß, was am besten ist, es gibt Zusammenhänge, nur ich darf das gar nicht wissen.« Wieder wackelte sie an der Schnur. »Ja«, rief sie und strahlte, »bei mir knistert es auch.« Nun sprach sie lauter, um das Knistern zu übertönen, während sie gleichzeitig die Schnur gegen die Tischkante schlug: »Der Junge gehört zu einem Zeugenprogramm, das darf ich auch nicht wissen.«

Sie legte auf. Plötzlich. »So«, sagte sie, »das macht es nur noch schlimmer, wenn ich jetzt weiter rede.« Pierre vermutete, dass sie mitten in den Worten der Polizei aufgelegt hatte. »Das muss der Breitenkopf gerade biegen.« Missis Jö überlegte, lief los, holte die Dose mit dem Zucker und stellte sie neben Pierre ab. »Das hätten wir«, sortierte sie ihre Handlungen, ging zurück zur Anrichte, goss die Milch in ein Kännchen, sagte: »Eins nach dem anderen.« Sie brachte die Milch, griff zum Hörer des Telefons, nahm ihn ab und wählte. »Der Junge muss zu lange in den Mond geguckt haben«, vermutete sie, »aber er ist jetzt drei Tage aus dem Haus, was soll ich machen? Ihn anleinen?«

Pierre überlegte, ob er träumte. Einiges sprach dafür. Außerdem wurde die Semmel kalt, aber der Kaffee war noch nicht serviert. Er spürte, wie müde er war. Er änderte seinen Sitz, der Stuhl war nicht geeignet, auf ihm einzuschlafen. Und das Theater war zu spannend, er wollte wissen, wie es ausging. »Hallo, Breitenkopf?« rief Missis Jö ins Telefon. »Sie haben ihn, ja, wieder. Das vierzehnte Revier, ruf doch mal an und geh da hin. Ich muss auflegen, der versucht bestimmt, mich noch mal anzurufen, das Telefon ist kaputt, das knistert.«

Missis Jö legte auf. »Ich mag keine Telefone. Sie machen alles schwieriger.« Sie ging zur Anrichte, überlegte: »Wenn ich jetzt den Kaffee tauche und genau dann ruft er an...«

Pierre verstand. »Einen Moment Zeit habe ich noch«, sagte er. Missis Jö schaute ihn dankbar an. »Als Eltern muss man wirklich froh sein, wenn man nicht alles mitbekommt.« Sie erhielt das Nicken eines Postboten mit Diplom. »Nur mal angenommen, ich hätte eines von diesen kleinen Telefonen, die man immer bei sich hat, ohne Schur, also, so ein unkontrolliertes. Das hab ich ja auch schon überlegt, ob ich mir das anschaffe. Aber das passt nicht zusammen, so ein Handy und Kinder. Da ist man ja nur noch am Telefonieren.«

Sie kam zurück, stellte sich vor das Telefon, überprüfte ihren Stand, hob die Hand, bereit zuzuschlagen. Nichts geschah. »Ich bin mir ganz sicher«, murmelte Missis Jö. Ihre Augen schauten in das Jenseits der Leitung, sie nickte — es klingelte.

»Ha!«

Missis Jö riss den Hörer hoch. »Ja, hier«, schrie sie ins Telefon, während sie erneut an der Schnur wackelte, »ich bin es, wir sind getrennt worden. Das Telefon ist irgendwie kaputt. Aber ich habe den Breitenkopf schon angerufen, wissen Sie, wo ich wohne?« Die andere Seite redete, Missis Jö quälte die Schnur, schabte mit dem Fingernagel über die Sprechlöcher, holte Luft, blies in die Muschel, während sie den Hörer zur Gabel führte...

Sie legte auf. »Puh«, meinte sie, »das ist aber wirklich eine schlechte Verbindung.« Sie wartete. Das Telefon schwieg. »Ob er aufgegeben hat?« überlegte Missis Jö. »Dann stellt er jetzt Nachforschungen an, aber der Breitenkopf hat das schon mehr als einmal klar gekriegt.« Sie zuckte mit den Schultern. »Ansonsten müssen wir umziehen, das wäre schade.«

Missis Jö drehte den Kopf, sah zum Herd. Die Spannung stieg. Missis Jö schien unschlüssig. Pierre schlug Lucky eine Wette vor. Er wusste nur noch nicht, ob er auf das Frühstück setzen wollte oder dagegen. »Wir haben uns hier eingelebt«, sagte Missis Jö, »schon länger.«

Kein Klingeln.

Pierre entschied mehr wissen zu wollen, auch ohne Kaffee. »Es ist ihr Sohn?« begann er. »So gesehen«, antwortete Missis Jö. Sie wirkte abwesend. »Es ist einfacher, wenn wir es behaupten.«

»Und was ist passiert? Im Zoo...?«

»Er ist wieder zu dem Wolfsgehege gegangen, obwohl er genau weiß, dass wir nichts machen können und dass es Unfug ist.« Jetzt war Missis Jö verärgert. »Und wenn er so weiter macht, dann schick ich ihn zu seinem Vater. Dann ist mir das auch egal, ob das hilft.«

»Er hat also einen Vater?« fragte Pierre. »Auch nicht so richtig«, erklärte Missis Jö, »es ist kompliziert.« Sie zögerte, legte den Handrücken an das Kännchen mit der Milch. »Sie ist noch warm«, stellte sie fest.

Pierre nickte zufrieden, Missis Jö ebenfalls. »Robin ist mein Mann, also nicht vor der Kirche oder so, das haben wir schon mehrmals ausgelassen, aber vor uns.« Sie tippte die Semmel an, meinte: »Na ja...« Kurz entschlossen nahm sie die Semmel, trug sie fort, schob sie noch einmal in den Backofen. »Ich meine, ganz in Weiß, das kann ich auch so haben, dafür brauch ich keine Religion.«

»Die Zeiten sind schwierig«, sagte Pierre. Er fand, dass es eine Aussage war, die sich gut im Allgemeinen aufhielt und darum nicht verkehrt sein konnte. Missis Jö war einverstanden. »Ja«, bestätigte sie, »und wenn Thimie mein Sohn ist, dann ist Robin eben sein Vater.« Die Fleischwurst wurde aus dem Wasser geholt, erhielt einen Teller und verschwand ebenfalls im Backofen. »Es hat wirklich keinen Sinn mit ihm, jedenfalls nicht in der Stadt.«

»Mit Ihrem Sohn?«, sortierte Pierre.

»Wenn ich ihm einen Piepsender ans Bein binden würde, so einen, den er nicht abbeißen kann, aber...« Sie schüttelte den Kopf. »Das ist erstens Quatsch, und es ist nicht ethisch.« Sie sah zu Pierre. »Ich bin ja nicht so oft hilflos, aber gegen Thimie komm ich nicht an.«

»Sie verstehen, dass ich nicht alles verstehe?«

»Das schaff ja noch nicht einmal ich. Ach, Herr Pierre...« Missis Jö löste sich vom Herd, ging zum Fenster, sah zu den Häusern gegenüber, mit einer Hand an der Gardine, der Blick weit fort. »Es ist nicht viel anders, hinter den Fenstern dort«, sagte sie mit leiser Stimme. Pierre suchte einen Namen für das Bild, das sie bot. »Städtische Melancholie...« Er stellte sich ein in der Ferne geblasenes Saxophon vor, es hätte gut gepasst. »Jeder trägt sein Päckchen«, sagte er.

Missis Jö änderte ihr Bild. Nun stützte sie sich mit beiden Händen auf die Fensterbank, drückte die Nase gegen die Scheibe. »Es ist nicht so einfach«, erzählte sie. »Zum Beispiel sage ich Mutter zu Mutter, und darum sagt Thimie auch Mutter zu ihr. Er hat es immer so mitgekriegt. Außerdem sagt Mutter Missis Jö zu mir, was soll ein Kind da denken?«

Sie löste die Nase von der Scheibe, sah zu Pierre. Sie lächelte traurig: »Wenn er einmal Mutter zu mir sagen würde...«

Pierre wurde unheimlich. Missis Jö bemerkte es. Ein Ruck ging durch ihre kleine Gestalt. »Herr Pierre«, sagte sie, »du musst entschuldigen, aber wir kennen uns noch nicht so lange und ich kann dir unmöglich alles sagen, was tatsächlich so ist, wie es ist. Nicht weil ich dir nicht vertraue, aber...« Sie schwieg. Pierre zeigte Verständnis. »Ich denke, ich sollte gehen«, sagte er.

»Aber du musst Mutter doch noch kennen lernen!«

»Das könnte ich doch auch morgen, oder? Also, ich bin ziemlich müde, ich habe die Nacht nicht sehr viel geschlafen.«

»Die Sonnenbeins!« wusste Missis Jö. Pierre stand auf. »Wir haben alle gerade eine schwierige Zeit«, sagte er, »das Leben ist nichts für Weicheier.«

»Probleme?«

»Einige.«

»Die Männer?«

»Was?«

»Es sind doch immer die Männer. Wenn es mal nicht die Söhne sind.« Missis Jö zuckte mit den Schultern. »Obwohl — ich kann mich nicht beklagen. Wir sehen uns nur selten und ich werde schneller alt als er, aber das ist so, wenn man in der Stadt wohnt.«

Pierre scheiterte. Er stand in der Küche, wollte gehen. Es gelang nicht. »Wobei es auch andere Gründe gibt«, erzählte Missis Jö, »es sammelt sich. Drum herum. Es gibt immer ein Grundproblem, und alles andere sind die Folgen.« Sie nickte, gab sich selbst recht, dann aber zweifelte sie: »Wenn nicht die Folgen zum Grundproblem werden, dann wird es richtig kompliziert.«

»Bringen Sie mich zu Tür?«

Missis Jö lächelte. »Schade«, sagte sie.

»Ich komme wieder«, wusste Pierre.

»Na gut. Es tut mir leid mit dem Frühstück. Aber wenn es gleich wieder klingelt, ich kann da nicht gut mit umgehen.«

Es klopfte. Aus dem Schrank. Zweimal kurz, dann eine Pause und noch einmal heftig. Missis Jö drehte den Kopf zum Schrank, freute sich: »Das ist ja schön! Das ist Mutter, sie ist wach.«

Pierre folgte ihrem Blick. Er erinnerte die Worte des Sonnenbein. Also stimmte es? Da saß eine Mutter im Schrank? Die Mutter mit der Kondensmilch?

»Herr Pierre, ich mache Ihnen einen Vorschlag. Sie haben den Kaffee noch nicht getrunken, das liegt am Telefon, aber das muss noch sein, und dann fahre ich Sie nach Hause. Ich muss nur noch Mutter bei den Haaren helfen, sie will morgen zum Friseur. Und wenn Sie müde sind, dann legen sie sich doch kurz hin. Dann ist sicher auch Ruhe für das Frühstück da.«

»Nein«, wehrte Pierre ab, »das ist doch...«

Er scheiterte zu sagen, was es doch sei. Missis Jö winkte ab. »Sie sind müde und hier ist alles vorhanden.« Nun legte sie den Kopf schief, meinte: »Ist das wieder so ein Nein, das hinterher lieber ein Ja gewesen wäre?«

Pierre kämpfte. Mit Gegnern, die ihr Gesicht nicht zeigen wollten. »Sie können auch die Fleischwurst schon mal mitnehmen«, schlug Missis Jö vor. Sie verbesserte sich. »Du«, sagte sie.

Pierre zögerte. Wenn er sich jetzt einließ, und dann klingelte es wieder, oder es klopfte...

»Nein«, sagte er.

Lucky protestierte, schlug sich auf die Seite von Missis Jö, knurrte von einer Fleischwurst mit Semmel. Pierres Müdigkeit schlug sich auf Luckys Seite. Sie hatte von einem Bett gehört. Weiter hinten zeterte Pierres gutes Benehmen, beschwerte sich in alle Richtungen. Man bringt keine Post zu einer fremden Frau und schläft bei ihr, erst recht nicht, wenn man keine Post dabei hat, aber man geht auch nicht einfach, lässt Menschen allein mit ihrem Telefon...

Pierre vertrieb seine Gedanken. Er drehte, ging den Flur entlang, zur Tür. Ohne Worte, der Freiheit entgegen. Alles, was er noch sagen würde, könnte eine Antwort erhalten, nein – erstmal zur Tür raus, dann der Abschied, so war es möglich...

»Ja«, befand Missis Jö, »nur mal angucken.« Sie lief ihm nach, nahm seine Hand. »Dann kannst du ja immer noch fliehen.«

»Was?«

Sie zog Pierre an der Wohnungstür vorbei zu einer anderen Tür, öffnete sie. »Ich bin auch nur kurz sozial verhindert, sagen wir, ein Viertelstündchen?« Pierre schaute in ein Zimmer, wieder groß, kaum Möbel, nur ein Fenster mit schwerem Samtvorhang und ein riesiges

Bett, daneben ein mächtiger Ohrensessel, mit Kissen und kleinem Beistelltisch.

»Zur Not setz ich ihr die Perücke auf, das geht schneller«, redete Missis Jö, »und dann gibt es Frühstück.«

Ist Kampf sinnvoll? Gibt es eine Gefahr? Braucht es gutes Benehmen, die Art, die sich abseilt, höflich die Wohnung verlässt, wenn es eng wird in langen Fluren, in großen Zimmern?

Was hatte er sich vorzuwerfen? Er hatte die Postroute gemeistert, er hatte Missis Jö kennen gelernt, nun lockte ein Zimmer, mit Bett...

Schlief er schon? Im Stehen?

Missis Jö schob Pierre ins Zimmer, er ließ sich schieben, so war es am einfachsten.

Leise schloss Missis Jö die Tür. Pierre horchte. Sie drehte keinen Schlüssel um. Es wäre noch immer möglich... Die Tür öffnen, das Zimmer verlassen, sofort, um mit einer höflichen Entschuldigung aus der Wohnung zu fliehen, ohne Kaffee, einem jungen, frischen Sackkaffee, nicht bürgerlich — àla Missis Jö, mit gewärmter Milch serviert, gezuckert, dazu eine Fleischwurst mit einer Semmel und etwas Petersilie...

Pierre seufzte. »Wo bin ich hier gelandet?« murmelte er. Er sackte in den Sessel, schaute zum Bett, eine Sonderanfertigung, die Länge über zwei Meter, es wäre möglich, ausgestreckt zu schlafen.

»Ich bin nicht gegangen?« fragte Pierre. Er antwortete: »Du bist ein Idiot.«

Er lehnte den Kopf an die Ohren des Sessels, griff das Kissen. »Komm her, lass uns kuscheln.« Er schloss die Augen. Seine Gedanken kreisten noch ein wenig, tanzten um Missis Jö, um einen Sohn, der im Zoo aufgegriffen wurde, ohne Kleidung und Papiere, um einen Sonderkommissar und eine Mutter im Schrank, die die Kondensmilch hat und noch frisiert werden muss...

Seine Gedanken wanderten weiter, er dachte an Uschi, sie war jetzt auf Barbados, wegen der Männer.

Drei Wochen bereits, sie hatte geschrieben, dass sie auswandern wolle. Das letzte Gespräch, vor der Abreise, Pierre hatte zugegeben, dass er sein Leben ändern müsse, irgendwie...

»Wenn man groß ist, kann man nicht gut Kind sein«, hatte Uschi gesagt, »das ist dein Problem.«

Ja, so nervte sie. Und sie hätte trotzdem die Richtige sein können. Bis auf den Vornamen. Und — na ja...

Bis auf ihn, Pierre.

* * *

Der innere Mond

Als Pierre aufwachte, war er nicht allein. Er lag im Bett der Missis Jö, neben sich ein junger Mann, schlafend. Pierres Schuhe standen neben dem Bett. Wann hatte er sie ausgezogen? Er lag unter einer großen, flauschigen Decke, einem Kunstfell – ohne Erinnerung, wo sich die Decke hergezaubert hatte.

Ein nackter Arm lag über Pierre, mit einer nackten Schulter daran, alles andere verbarg die Decke. Ein Kopf war noch zu sehen, hauptsächlich Haare, wirr durcheinander, lang und schwarz, in ihrem Versteck ein Gesicht, aus dem leise Schlafgeräusche drangen, eine Mischung aus Atem und Knurren.

Vorsichtig löste sich Pierre aus der Umklammerung. Der junge Mann wachte nicht auf. Pierre stieg aus dem Bett, richtete sich auf, sah erneut zu seinem Mitschläfer.

»Heiliger Bimbam«, murmelte Pierre.

Der Schlafende reagierte, er bewegte sich, drehte sich, so dass er auf dem Rücken lag. Die Felldecke verrutschte, Pierres Augen rutschten mit. So also sahen Engel aus, die männliche Sorte, dunkel geliefert, ohne blond? Zur Erde gesandt, die Menschheit zu mahnen – da lag sie, die Geißel des Äußeren, darum es innere Werte braucht... Der junge Mann hätte jederzeit Werbung machen können, für Müsliriegel und Shampoo.

Und er, Pierre, konnte behaupten, mit so was geschlafen zu haben?

Ihm wurde mulmig. Er stand vor einem Bett und vor ihm lag der Grund, warum es mit Uschi nichts werden konnte, und ebenso nichts mit ihm, Pierre. Vornamen kann man ändern, oder man spricht sie einfach nicht aus. Aber Träume, Lebensvorstellungen, so störend wie unausweichlich, weil...

Weil Menschen müde werden. Und dann kommen die Träume, ob sie es wollen oder nicht. Plötzlich liegen sie neben dir und du musst dich beeilen aufzustehen.

Der junge Mann wälzte sich, nun zeigte er noch ein Bein. Pierre schüttelte den Kopf. »Genug, nicht übertreiben.« Er setzte sich in den Sessel, leise zog er seine Schuhe an. Der junge Mann öffnete die Augen. »Hallo«, sagte er. Pierre erstarrte. Dann brachte er auch ein Hallo zustande, es krächzte ein wenig. »Mutter hat gesagt, ich soll mir was anziehen, aber es sah so einladend aus.«

»Was... Ich?«

»Ja, aber – keine Angst. Ich bin platonisch.«

»Ach so.«

»Ich bin asexuell, schon seit meiner Pubertät, es kann also nichts passieren.«

Pierre entschied, nicht auf die Äußerung einzugehen. »Du bist der Sohn? Von Missis Jö?«

Thimie nickte. »Ja. Ich bin der, der nach ihr schlägt.«

»Der was..?«

Der junge Mann richtete sich auf, grinste. Pierre mühte sich, seine Augen bei sich zu behalten. Es gab wieder mehr zu sehen, was unter Männern nichts ausmacht, aber das war Teil des Problems. Uschi hatte sich bei Pierre immer sehr geborgen gefühlt.

»Na, so sagt man doch«, meinte Thimie. »Viele behaupten, dass ich noch schlimmer bin als Missis Jö, aber auf jeden Fall schlage ich nach ihr.«

»Der Zoobesucher«, stellte Pierre fest. Thimie zuckte mit den Schultern. »Es ist so langweilig, wenn man gefangen ist. Ich bringe ihnen ein bisschen Aufregung, erzähle ihnen von draußen.«

»Wem erzählst du das?«

»Meinen Brüdern. Den Wölfen.«

»Ja klar.«

Thimie lachte. »Das wird eine prima Standpauke geben, aber sie beruhigt sich wieder. Ich bin eben so, und das sagt sie doch auch immer.« Er legte den Kopf schief, nun war er eindeutig der Sohn der Missis Jö. »Ich glaube, ich mag dich«, sagte er. Dann fügte er an: »Du bist so tapsig.«

»Tapsig?«

»Ja, wenn du willst, können wir heiraten. Dann wäre das auch erledigt. Missis Jö würde sich freuen, dann ist sie mich los. Sie sagt immer, dass sie mich unterbringen muss. Weil es so lange dauert. Ich bin nämlich noch minderjährig, ich werde erst in drei Monaten achtzehn.«

Es klopfte. Das Klopfen erlöste Pierre von der Not einer Antwort. »Du musst nur auf das Sexuelle verzichten«, sagte Thimie noch, »aber angucken und streicheln ist erlaubt.« Dann öffnete sich die Tür, Missis Jö trat ein, in der Hand ein Tablett mit zwei Tassen, dazu Kaffee, Milch und Zucker. »Das ist fein«, sagte sie, »da habt ihr euch ja schon mal kennen gelernt.« Sie sah zu Pierre: »Ich hoffe, er hat sich benommen.«

»Ich mich auch«, murmelte Pierre.

»Den Kaffee in der Küche oder im Bett?«

Sie erhielt eine gleichzeitige Antwort. »Im Bett«, wählte Thimie, und: »In der Küche«, sagte Pierre. »Dann also in der Küche«, entschied Missis Jö, »der Gast hat Vorrang.« Sie schaute zu Thimie, meinte streng: »Und wehe, ich erwische dich und du hast nicht wenigstens eine Hose an!«

Thimie zog ein Gesicht, aber es half nicht. Missis Jö drehte und ging voran, Pierre hob die Hand, grüßte lässig, kam sich vor wie ein Idiot. Der Weg führte an der Wohnungstür vorbei, Pierre seufzte. Dann ging er weiter, nein... er tapste weiter, folgte Missis Jö.

Ein Mann saß am Küchentisch, klein und rundlich, im nassen Trenchcoat — es regnete also wieder. Er stand auf, schob die Hand vor: »Sie sind also Pierre, ich freue mich, Sie kennen zu lernen.«

»Und das ist der Breitenkopf, die gute Seele des Hauses«, stellte Missis Jö vor, »sei vorsichtig, er sieht nur so harmlos aus.«

Pierre gab die Hand. Der Breitenkopf lachte. »Er ist unser Geheimagent«, erklärte Missis Jö, »ohne ihn wäre ich längst mehrfach umgezogen.« Sie stellte den Kaffee ab, verteilte die Tassen. »Aber er hat eine Lizenz, das macht vieles leichter.«

»Hartmut«, bot der Breitenkopf an, »und Missis Jö übertreibt mal wieder.« Er setzte sich, ergänzte: »Aber es ist tatsächlich so, dass wir beginnen müssen, Maßnahmen zu treffen. Es ist sozusagen die Tinte alle, also — für die Aktenlöschungen.«

»Ja«, grollte Missis Jö, »das war jetzt einmal zu viel.«

Pierre setzte sich, Missis Jö ebenfalls. »Und wenn ich mir vorstelle, der Junge in einem Erziehungsheim, und sei es nur für die restlichen drei Monate, ich mache mir wirklich Sorgen.«

»Wir haben Grund dazu«, bestätigte der Breitenkopf, und Missis Jö sagte: »Das sind immerhin staatliche Gelder.«

Pierre wagte es. Er gab ihr einen missbilligenden Blick. Missis Jö sah es. »Du hast Recht, Pierre. Und ich liebe ihn doch auch. Aber... Wirklich, Pierre, er ist mein Ruin, mein Niedergang, ich bewältige alles, aber ihn schaffe ich nicht.«

»Sie sind nicht die einzige Mutter...« begann Pierre und wollte noch Worte anfügen — dass es schwer sei mit Jugendlichen, und ihr Sohn sei eben eigen, nur das sei sie doch auch...

Missis Jö ließ es nicht zu. »Ich liebe ihn«, wiederholte sie, »aber...« Sie unterbrach, bat: »Pierre, hilfst du mir?« Pierre wurde misstrauisch, doch es war nicht generell gemeint. »Das rote Buch, da auf dem Schrank, du kommst doch da auch ohne Leiter dran?«

Pierre stand auf. Er langte auf den Schrank, das Buch hätte auch höher liegen dürfen. Er nahm es, schaute den Titel. »Erziehung« stand in großen, geschnörkelten Lettern auf dem Deckel, in goldener Schrift. Mehr nicht, kein Autorenname, kein Verlag.

Er gab Missis Jö das Buch, sie schlug es auf, blätterte, dann hielt sie an, murmelte: »Bis hierhin bin ich.« Sie blätterte eine Seite weiter, legte das Buch auf den Tisch, Pierre sah weiße Seiten. Missis Jö ging zur Küchenanrichte, öffnete eine Schublade, holte einen Stift heraus. »Damit ich das nicht vergesse«, erklärte sie, setzte sich und schrieb, wobei sie jedes Wort mitsprach:

»Immer... ruhig... bleiben.«

Sie überlegte, kaute am Stift. Niemand störte. Dann nickte sie, schrieb: »Du... liebst... deinen... Sohn.«

Missis Jö schaute noch einmal auf ihre Worte. Sie war einverstanden. Nun klappte sie das Buch zu, reichte es Pierre. »So«, sagte sie, »was man schreibt, das bleibt.«

Pierre legte das Buch zurück auf den Schrank. Er sortierte seine Gedanken, griff einen heraus, fragte: »Und das hilft?«

»Ach Pierre«, seufzte Missis Jö, »ich weiß es nicht. Aber es ist besser so. Ich meine... Ich weiß ja, dass ich ihn liebe. Nur ist das nicht immer einfach. Er ist wirklich das Beste, was mir passieren konnte, aber er hat diese Schwankungen.«

»Es gehört dazu«, brummte der Breitenkopf, »und es ist an sich auch tragbar. Nur manchmal schlägt der Zeiger aus.«

»Wenn ich mir das übersetze, so dass ich es verstehe...« begann Pierre, doch Missis Jö schüttelte den Kopf. »Nein«, unterbrach sie, »so nicht.« Sie holte einen Atem der Sorge, entschloss sich, Pierre einzuweihen. »Pierre, wie alt wird ein Hund?«

»Ein Hund?«

»Oder ein Wolf. Das kann man ja umrechnen – im Verhältnis zum Menschen.«

»Ja...?«

»Wenn ein Wolf siebzehn Jahre alt ist, was ist er dann in Menschenjahren?«

»Wahrscheinlich mehr, also — er ist dann alt?«

»Und umgekehrt? Wenn ein Mensch siebzehn ist?«

Pierre kämpfte mit der Umkehrung. »Jetzt verstehst du«, behauptete Missis Jö. »Ich habe ihn zur Welt gebracht, darauf haben wir uns geeinigt. Also ist Thimie mein Sohn. Nur...«

Sie schwieg, kaute auf ihrer Lippe. Der Breitenkopf half. »Wir sollten uns an die erste Wirklichkeit halten. Es ist auch dann schwierig genug. Laut Papier ist er siebzehn Jahre alt, auch wenn er sich verhält wie...« Er suchte Worte, entschied: »Wie Dreizehn bis Vierundzwanzig.«

»Schlimmer«, ergänzte Missis Jö.

»Und ich denke, es ist das Beste, wenn er einige Zeit auf dem Land verbringt. Bei Robin. Da hilft auch kein schlechtes Gewissen oder was immer, für ihn ist es das Beste.«

»Und wenn ich nicht will?«

Thimie stand in der Tür. Er trug eine knappe Hose, die sich nicht sehr wohl fühlte. Sie versuchte nach unten zu rutschen. Pierre sah hin, lief rot an. Sein Gesicht pumpte Blut, er spürte den Verrat kommen, mühte sich ihn aufzuhalten, es führte nur dazu, dass die Hitze zunahm.

»Oder wenn ich heirate und ihr seid mich los?«, fragte Thimie. Er sah zu Pierre: »Hast du mal darüber nachgedacht? Es ist dringend.« Er schien das Rot nicht wahrzunehmen. Oder es war weniger heftig als Pierre es spürte.

»Aber du magst Robin doch«, sagte Missis Jö.

»Ja, er ist der beste Stiefvater, den man sich denken kann.« Pierre hörte keine Ironie in seiner Stimme, eher Traurigkeit.

»Und du magst Wald.«

Jetzt begehrte der Junge auf. »Ich mag auch Nudeln, aber ich will sie nicht jeden Tag auf dem Tisch haben.«

Pierre entschied mitzureden. Es mochte helfen. »Das ist beim Heiraten aber so ähnlich«, bemerkte er. Er erhielt keine Reaktion.

»Und wenn es nur für den Übergang ist«, wandte der Breitenkopf ein, »damit sich alles ein bisschen beruhigt.« Er sah zu Missis Jö. »Ich meine, ansonsten müssten wir Thimie auch mal mit den Konsequenzen allein lassen. Daran wird er auch nicht sterben.«

Ein Geheul setzte ein. Thimie stand da, mit geballten Fäusten, den Kopf zur Decke gerichtet, und heulte wie ein Wolf, hoch zum Mond seines Unglücks, laut und durchdringend. Pierre staunte über seine Stimmkraft, schaute fasziniert zu dem Bild des Jungen, der halbnackt im Türrahmen der Küche stand, hinter sich die Weite des Flurs, vor sich eine Kaffeegesellschaft...

»Thimie Wolfgang Jö!«

Pierre schrak herum. »Du hörst sofort damit auf!« schallte eine eiserne Stimme aus dem Kleiderschrank. »Mutter«, seufzte Missis Jö. Sie war sichtlich erleichtert. Der Breitenkopf erhob sich mit dienstfertiger Eile von seinem Stuhl und dienerte. Thimie verstummte. Die Türen des Schranks wurden aufgestoßen, dann knallte ein Brett nach vorn, bildete eine Rampe, eine Lichterkette leuchtete im Inneren des Schrankes, umfunkelte eine hoch gewachsene, hagere, weißhaarige Frau, die in der Tiefe des Schrankes saß, vor einem blauen Vorhang mit aufgenähten Sternen. Sie thronte im Rollstuhl, einem schweren Gefährt mit großen Rädern, eine Decke mit Zebramuster schützte ihre Beine. Streng schaute sie zu Thimie, forderte: »Du setzt dich jetzt an den Tisch und nimmst an dem Gespräch teil! Ohne Geheule!«

Es gab keinen Widerstand. Nicht nur Thimie, alle Welt folgte den Worten der alten Dame. Missis Jö stand auf, gab Pierre zu verstehen, dass es nun Platz brauche. Der Breitenkopf half, den Tisch auszuziehen, die Kaffeetassen klapperten. Thimie verließ die Küche, kam zurück, mit einem vierten Stuhl, auf den er sich artig setzte, allerdings mit einem Gesicht, das sich heftig beschwerte. Die Frau im Rollstuhl griff neben sich, verschiedene Gehstöcke standen in der Schrankecke, sie nahm einen weißen mit geschnitztem Kopf — es mochte eine Raubkatze sein, legte ihn quer vor sich, dann bewegte sie einen Schalter. Ein Motor surrte, sie fuhr die Rampe des Schrankes herunter, bremste kurz vor dem Tisch. Der Motor wurde wieder ausgeschaltet. Missis Jö brachte eine weitere Tasse, der Breitenkopf dienerte noch einmal, um sicher zu gehen, dass es auch gesehen wurde. Thimie schmollte.

»Außerdem ziehst du dir etwas an, wir haben einen Gast.« Wieder gehorchte der Junge, es war beeindruckend. Er stand auf, trottete den Flur entlang, verschwand in einem der angrenzenden Zimmer.

»Pierre, darf ich vorstellen — das ist Mutter, Medam Jö.«

Die alte Dame nickte zu Pierre, kurz sah sie ihn dabei an, aber nicht so lange wie sie nickte. Es war eindeutig majestätisch.

»Du hast ihn nicht mehr im Griff«, klagte Medam Jö. Missis Jö war einverstanden, sagte: »Richtig«, dabei strahlte sie und schenkte Kaffee ein. »Aber das ist tatsächlich nichts Neues«, befand Medam Jö, »dein Vater hat in deiner Erziehung doch etwas zu sehr auf Freiheiten gesetzt.« Die alte Dame sah zu Pierre, erklärte: »Was erlaubt ist, durchaus. Von allen Hoffnungen ist die Freiheit diejenige, die wir nicht lassen dürfen, egal, wie sehr sich das Leben müht, uns eines Anderen zu belehren.«

Sie nahm ihre Tasse, trank. Der Kaffee versöhnte sie, sie lächelte. »Wenigstens das hast du gelernt«, sagte sie. Thimie kam zurück, er trug eine Jeans, dazu ein Hemd, eindeutig zu groß. Medam Jö sah nicht hin, meinte nur: »Und nun noch die Schuhe, aber mit Strümpfen.« Thimie drehte, bereits bei den Worten »Und nun noch« — es mochte ein Ritual sein, jeder wusste um seinen Anteil, damit es gelang.

»Ich freue mich, dass Sie zu uns gefunden haben, Herr Pierre«, sagte Medam Jö, »es wird helfen, auch Ihnen.«

Pierre wagte es zu antworten. »Schau'n wir mal.«

Die Dame im Rollstuhl nickte, als habe Pierre beste Worte gefunden. »Wir sind, was wir sind«, sagte sie, »aber wir wissen es zu selten.«

Thimie kam zurück, nun hatte er Schuhe an, auch Strümpfe, wie er mit dem Hochziehen eines Beins seiner Jeans zeigte. Medam Jö wollte auch den anderen Strumpf sehen, dann durfte sich Thimie setzen und zuhören. »Wissen bedeutet Einverständnis«, lehrte Medam Jö, »du bist alt genug, aber dir fehlt die Akzeptanz. Sicher kannst du versuchen, dich auf die drei Monate herauszureden, die dir noch fehlen zu deinem achtzehnten Jahr. Nur bedenke, dass du, wenn du dich von äußerer Zeit abhängig machst, diese auch dann befolgen musst, wenn es dir nicht gefällt.«

Sie wartete, sah auffordernd zu Thimie. Der Junge gab ein leidiges »Ja« von sich.

»Entscheidest du selbst über deine Zeit«, führte Medam Jö weiter aus, »bedeutet dieses Pflicht und Freiheit, in ähnlicher Weise als entschiedest du, dich weiter im Schutz deiner Kindheit aufzuhalten. Es gibt aber einen Unterschied.«

Sie schwieg, nahm einen weiteren Schluck Kaffee. Pierre erwartete, dass sie ihre Rede fortsetzen würde, den Unterschied benannte. Stattdessen sprach Thimie. »Ich weiß«, sagte er, ein Gemisch aus Einsicht und Unwillen in der Stimme.

»Und warum folgst du deiner Begierde statt deiner Vernunft? Soll dein Leben dem Mond gehören?«

»Es gehört ihm doch schon«, murmelte Thimie.

»Ja«, sagte Medam Jö, »nur welchem Mond willst du gehorchen? Wir alle leben mit dieser Frage, der eine so, der andere so. Willst du lernen, den äußeren Mond zu beherrschen oder den Mond in dir?« Ihre Stimme verlor ihr Eisen, wurde zart. »Wir beherrschen keine Planeten der ersten Wirklichkeit, wir vermögen einzig in uns zu bestimmen, ob wir folgen oder uns versagen.«

Es war still. Thimie schaute zu seiner Kaffeetasse, dann hob er die Augen, sah zu Pierre. Mag sein, dass er sich Unterstützung erhoffte — von dem einzigen Teilnehmenden der Kaffeerunde, dessen Stellungnahme er nicht schon tausendfach gehört hatte. Ob Missis Jö, Medam Jö oder der Breitenkopf, der Junge wusste, was sie forderten: Bekleidet sein, vor allem in der Nähe von Fremden, keine Zoobesuche, erwachsen werden...

Pierre zuckte die Schultern, zeigte ein Gesicht des Bedauerns. Wie sollte er helfen? Er kannte sich nicht aus mit Monden...

»Darf ich dich besuchen?« fragte Thimie. »Wenn ich dann mal in der Stadt bin?« Missis Jö hielt es nicht mehr aus. Sie stand auf, ging zu Pierre, fragte: »Darf ich?« Ohne eine Antwort abzuwarten nahm sie Pierre in den Arm, drückte und herzte ihn, erklärte: »Thimie will ja nicht, dass ich ihn umarme. Das ist ihm peinlich.«

Pierre überstand den Angriff. Missis Jö ließ ab, schaute zu Thimie: »Also bist du einverstanden? Wir bringen dich zu Robin? Es muss ja nicht gleich sein. Und nicht für immer.«

Der Breitenkopf nickte. »Es ist auf jeden Fall besser so.«

* * *

Ein Lolly zur Nacht

Es wurde doch noch eine fröhliche Kaffeerunde. Endlich bekam Pierre seine Fleischwurst, der Breitenkopf behauptete, dass er nicht hungrig sei, die Dekoration bestand aus Petersilie, so wie Pierre vermutet hatte, und wurde als letztes verzehrt.

Man plauderte über die Vor- und Nachteile des Stadtlebens und über freizügig erzogene Söhne, die sich nicht gern umarmen ließen. Medam Jö erzählte, dass sie Missis Jö einmal gesucht habe und im Kleiderschrank fand, worauf sie selbst eine Zeit darin ausprobiert habe, es sei ein vorzüglicher Ort zum Nachdenken.

Auch Thimie entschied, erst später wieder traurig zu sein. Er erzählte von Robin, der zwar nur ein Stiefvater sei, aber der Beste, den man sich vorstellen könne, da er Thimie nicht in das Leben rein redete. Pierre erfuhr, dass die Jös ein Anwesen besaßen, in der Nähe eines Waldes, und Thimie gestand seine Liebe zu Claire, einem Reh, das die Jös aufgezogen hatten. Es sei allerdings eine Liebe ohne Zukunft, versicherte der Junge, damit Pierre sich nicht sorgte. Dann fragte er Medam Jö, ob er ausnahmsweise sein Hemd ausziehen dürfe? Worauf der Breitenkopf die Kaffeetasse hob und rief: »Wehret den Anfängen!«, aber es sollte ein Scherz sein.

Thimie erhielt die Erlaubnis, allerdings erst nachdem Medam Jö aus einer hinteren Ecke ihres Rollstuhles eine dunkle Brille hervorgekramt und aufgesetzt hatte. Sie fand auch die zugehörige Blindenbinde für den Arm, zog sie über und Thimie durfte. Pierre sah hin, seufzte öffentlich, weil er sich wohl fühlte, und Missis Jö sah, dass seine Tasse leer war.

»Noch Kaffee?«, fragte sie, und weil ihr die Frage gefiel, wiederholte sie sie in regelmäßigen Abständen, bis

Medam Jö die Brille vorschob, um ihr einen strengen Blick zuzuwerfen. Thimie freute sich, da nicht er es war, der die Erziehung abbekam, und der Breitenkopf beschloss, seinen Dienst noch für die Zeit einer weiteren Tasse zu schwänzen, mit einem nur halben schlechten Gewissen, immerhin sei er zuständig. Allerdings wollte er nicht verraten, wofür — das war geheim.

Medam Jö verabschiedete sich als erste.

Sie wandte sich zu Pierre, sagte: »Das wird sehr spannend werden mit Ihnen«, dann setzte sie die Brille ab, verstaute sie gemeinsam mit der Blindenbinde im hinteren Rollstuhleck. Sie gab Thimie noch einen Blick ihres Missfallens, aber ohne Konsequenz, und stellte den Motor an. Missis Jö und der Breitenkopf standen auf, rückten den Tisch zur Seite, Thimie kümmerte sich um die Stühle. Auch Pierre setzte sich sicherheitshalber etwas zurück. Medam Jö fuhr eine Kurve, stoppte kurz, setzte den Rollstuhl noch etwas zurück, nun legte sie den Kopf vor, schaute grimmig zum Schrank. Sie rüttelte am Hebel ihres Rollstuhls, der Motor heulte auf.

»Also dann«, sagte die alte Dame. Sie zog den Hebel bis zum Anschlag durch, der Stuhl raste los, beschleunigte auf kurzer Strecke und jagte die Rampe hoch. Medam Jö bremste hart, es warf sie nach vorn.

Sie überprüfte ihre Frisur. Thimie rief ein knappes Ja! Medam Jö stellte den Gehstock zurück, drehte den Rollstuhl, um ein würdiges Schlussbild zu bieten. Eine Handbewegung erteilte die Erlaubnis, Thimie hob die Rampe hoch, Missis Jö verschloss die Türen. Dabei sah sie zu Pierre, sagte: »Keine Angst, Mutter ist sehr selbständig, manchmal sehe ich sie auf Tage nicht.«

Der Breitenkopf half den Tisch zurück zu stellen, dann verkündete er: »Ich denke, ich sollte mal wieder.« Er nickte zu Pierre, behauptete, dass es ihn gefreut habe, mahnte Thimie: »Das war jetzt das letzte Mal, oder?«, und Missis Jö brachte ihn zur Tür. »Ich werde Robin von dir grüßen«, versprach sie.

Thimie nutzte die Zeit, die er mit Pierre allein war, um ihn haltlos anzustrahlen, dazu klapperte er mit den Wimpern, und als Pierre nur fragend guckte, forschte er nach, ob Pierre das Morsealphabet kenne? Missis Jö kam zurück, Thimie erklärte: »Das zum Beispiel hieß Großreinemachen«, und Missis Jö winkte ab: »Keine Angst, er will nur spielen.« Thimie grinste, nahm seinen Stuhl und brachte ihn in das Zimmer, aus dem er ihn geholt hatte. »Und ich bin doch gut erzogen«, rief er auf halber Flurhöhe.

»Einerseits«, murmelte Missis Jö. Sie gönnte sich einen Seufzer. »Wenn das mal erfunden wird, dass man Kinder umtauschen kann, also — nachdem man sie eine Zeit lang ausprobiert hat, natürlich nur.«

Sie sprach nicht weiter. Thimie kehrte zurück, setzte sich, nun war es Missis Jö, die mit den Augen klapperte. »Okay«, meinte Thimie, stand wieder auf, »ich geh zur Glashütte.« Er umkurvte den Tisch und bevor Pierre sich versah, wurde er ein weiteres Mal umarmt, dieses Mal nicht stellvertretend, und bekam einen Kuss auf die linke Bartseite.

»Und wir heiraten doch«, beschloss Thimie, rannte in den Flur und zur Tür raus. »Vorher ziehst du dir dein Hemd an!«, rief ihm Missis Jö hinterher, doch Thimie war schneller.

Pierre wischte seinen Bart. »Es ist ganz schön lebhaft hier«, stellte er fest. Dann fragte er: »Glashütte?«

Missis Jö war glücklich. »Ja, wir haben alles im Haus, Gerda Glashütte, sie ist pensioniert. Das haben wir eingeleitet, so hat sie die Zeit, sie unterrichtet Thimie. Eine normale Schule, das wäre unmöglich.« Sie räumte die Kaffeetassen fort. »Der Breitenkopf wohnt auch hier, das ist das Gute, das Haus gehört den Jös, und da lassen wir hier wohnen, was uns hilft oder wer es braucht.« Sie lächelte, fügte an: »Wenn es passt natürlich nur, also, wer über eine zweite Wirklichkeit verfügt — das muss schon sein.«

»Aha«, meinte Pierre, stand nun ebenfalls auf. »Was ist mit mir«, fragte er, »habe ich auch eine zweite Wirklichkeit?«

Missis Jö holte eine Tasche. »Natürlich, sonst wärst du doch nicht hier. Wir haben das alle, aber bei manchen ist es arg vergraben.« Sie begann die Tasche zu füllen. »Das nimmst du mit«, entschied sie.

Es war ein sanfter Rauswurf. Pierre hatte schon nicht mehr damit gerechnet, dass es möglich war zu gehen. Nun gut... Am Morgen hätte er die Post abholen müssen, auch hatte er keine Wäsche zum Wechseln dabei.

Er stand in der Küche, sah Missis Jö beim Packen zu. Als erstes verstaute sie weitere Semmel in einer Tüte, packte sie in die Tasche, danach wurde eine zweite Fleischwurst eingewickelt, in einem der Schränke fand Missis Jö ein geschlossenes Paket mit Kaffeebohnen, und weil sie gerade dabei war, füllte sie noch Bananen, Eier und andere Lebensmittel nach, wobei Pierre bei jeder Abfüllung meinte, das sei nun wirklich zu viel, und Missis Jö die angebrochene Milch, den Zucker und eine Schachtel Feigen nachlegte. »Bei dir ist es übrigens kurz vor dem Sprung«, sagte sie, öffnete eine große Schublade und suchte.

»Meine zweite Wirklichkeit?«, vermutete Pierre.

»Ja, du wirst überrascht sein.«

»Aber mehr darf ich erst mal nicht wissen?«

»Da!« Missis Jö hatte gefunden, was sie suchte. Sie hielt ein kleines Päckchen in die Höhe. Pierre sah einen Stil mit einem Klumpen daran, geschützt von einer durchsichtigen Tüte. »Es ist etwas sauer«, erklärte Missis Jö, »du lutscht daran, vor dem Schlafengehen. So zwei, drei Minuten reichen, stell dir einen kleinen Teller neben das Bett, zum Ablegen, es klebt etwas.«

»Und dann?«

»Stell dir den Wecker auf fünf Minuten. Damit du aufwachst und erinnerst, was du gesehen hast. Es ist der erste Hinweis auf dem Weg des Jen Jarai, es zeigt dir, wer du bist, aber es zwingt dich nicht. Es stellt dir nur die Frage, ob du einverstanden bist, ob du auch sein willst, was du bist.«

Pierre schaute misstrauisch. »Jen Jarai?«, fragte er. Er erhielt ein freudiges Nicken und den Hinweis, dass Medam Jö zuständig sei, wenn es um Kampfkunst ginge. »Das erklärt dir Mutter«, sagte Missis Jö, »ich bin da nicht so förderlich.« Also versuchte er es mit einer anderen Frage.

»Ist das ein Drogenlolly?«

»Ach, Pierre...« Missis Jö legte das Päckchen in die Tasche. »Du glaubst gar nicht, wie sehr eine Frau mittleren Alters in der Lage ist, manches auch nicht zu sagen.«

»Mehr darf ich also nicht wissen?«

Missis Jö schüttelte den Kopf, Pierre verstand es als Nicken. »Nein«, lachte sie, »für einen Tag muss das reichen.«

Sie ging zu Pierres Stuhl, holte seine leere Posttasche, Pierre schnallte sie um. Nun fasste Missis Jö Pierre an den Armen, drehte ihn in Richtung Flur und schob ihn zur Wohnungstür. Kurz wurde er abgestellt, Missis Jö öffnete die Tür, bugsierte den Postboten in den Hausflur. Ohne Worte, bemüht kein Geräusch zu verursachen, schloss sie die Tür.

Pierre blieb noch etwas stehen, dann sagte er: »Ich bedanke mich.«

Missis Jö riss die Tür wieder auf. »Das muss aufhören!«, forderte sie mit energischer Stimme: »Wer sich bedankt, nimmt Abschied.« Sie winkte. »Wir sehen uns morgen.« Die Tür knallte zu.

Pierre stieg die Treppe hinunter, im zweiten Stock bohnerte eine Frau, sie grüßte. »Nur zu!«, sagte sie und strahlte, als freue es sie, dass die Treppe benutzt wurde. Im Erdgeschoss fand er das Namensschild des Breitenkopf, hinter der Tür mit dem Marterpfahl wohnte eine Gerda Glashütte.

Er trat auf die Straße. Sie war eine Straße, wie sie zuvor eine Straße war, keine Veränderungen, geduckte Menschen, Autos, bei denen man nicht wusste, wer drin saß – nichts war anders, nur...

Er, Pierre, war anders. Er spürte es. Es war ein wenig, als sei er...

Gewachsen?

Pierre machte sich auf den Heimweg. Dabei hatte er das Gefühl, als sei es verkehrt, als müsse er umkehren, als entferne sich sein Ziel mit jedem Schritt, den er seiner Wohnung näher kam.

Heim...

Zwölf Quadratmeter mit Gemeinschaftsdusche und leerem Kühlschrank. Kein Zuhause, nein, ein Dach über dem Kopf, ein schräges. Aber trotzdem... Pierre blieb stehen, atmete Smog, als sei es frische, neue Morgenluft. Zum Ende der Woche gab es Geld, er hatte eine Tasche mit Kaffee und Fleischwurst dabei, besaß einen geheimnisvollen Lutscher...

Er dachte an die Sonnenbeins. »Sie ist eine Hexe, sie beeinflusst.«

Pierre lief. Kein Regen, etwas Wind... Es war Abend geworden, es war noch Müdigkeit da, eine ausgeglichene Sorte, nicht so überdreht, vielleicht sogar bereit zu schlafen.

Sein Leben hatte sich geändert. Weil er Post austrug.

Er hielt vor einer Ampel. Eine Nebenstraße, keine Autos. Er wartete auf Grün. Ohne einen anderen Sinn als einem Licht zu gehorchen.

Er bemerkte es. »Noch so ein Mond«, stellte er fest. Ein Mond der äußeren Wirklichkeit, ein Gestirn, dass den Menschen bestimmt. Ja... Die alte Dame mochte recht haben. Die Welt kennt viele Monde. Außen und innen, und es ist schwierig, gegen die äußeren Gestirne anzukommen, innen sind die Chancen besser.

»Kampfkunst«, flüsterte Pierre und überlegte, die Straße innen zu überqueren, und später außen. Er fand, dass er eine gute Lösung gefunden habe, auch ohne Hilfe der Medam Jö.

Das Rot nahm sich Zeit, die Ampel schien Fußgänger nicht zu mögen. Oder sie hatte vergessen, wie grün aussah. Pierre wartete, dachte an Thimie. »Nein«, murmelte er, »ich will nicht heiraten.« Er grinste. »Vielleicht auf Glanzpapier, da würde ich dich nehmen. Aber lebend und atmend, das ist mir zu...«

Er suchte ein passendes Wort. Es gab mehr als eines. Aber keines gefiel. Es mochte sein, dass der Sohn der Missis Jö alt genug war, in drei Monaten, wenn er volljährig war. Nur er, Pierre, war noch nicht bereit.

»Ja«, gab Pierre sich recht, »ich bin es. Ich bin noch zu jung.«

Ein Mann stand neben ihm, schaute ihn misstrauisch an. Pierre gab den Blick zurück, hob die Schultern. »Ich kann da nichts gegen machen«, sagte er. Die Ampel schaltete auf grün, der Mann lief los, grummelte noch ein »Spinner!«. Pierre blieb stehen, betrachtete das kleine, grüne Männchen der Ampel, dass ihm die Erlaubnis gab — er könnte...

Pierres Gedanken überquerten die Straße, er folgte nicht.

Wie es wohl wäre? Eine asexuelle Ehe mit einem Müslimodel, Streicheln ist erlaubt? Und bei vollem Mond beginnt der Stress, da will der Junge in den Zoo und sich ausziehen.

Nein...

Da könnte er auch Uschi heiraten, alles ist vollkommen, nur der Vorname und der Sex... Alle halbe Jahre fährt Uschi nach Barbados und holt nach.

Und er, Pierre?

»Ich werde katholisch«, flüsterte er, »da darf ich sein, was ich bin, wenn ich es nicht lebe.«

Wieder Rot.

Pierre sah nach links, nach rechts, dann ging er los. Es war ein gutes Gefühl. Ein Diplompädagoge geht seinen

Weg. Die äußere Wirklichkeit ist dagegen, aber mehr als ihr Rot hat sie nicht aufzubieten.

Er passierte die nächste Kreuzung, wieder eine Ampel, grün. Pierre blieb stehen, dann entschied er, nicht auf rot zu warten. Jeder Mensch muss in seinem Leben Widerstände besiegen, aber es ist übertrieben, sie abzuwarten, wenn sie nicht da sind.

Er lief, nun durch eine Einkaufszone. Den Kopf stolz erhoben, obwohl er groß war. Pierre liebte es nicht aufzufallen, aber heute war es ihm egal. Menschen schauten ihn an, er schaute zurück, grüßte. Kurz hielt er an, vor dem kleinen Strumpfladen, in dem er Uschi kennen gelernt hatte. Er schaute in das Schaufenster, erinnerte sich. Eine adrett gekleidete Frau mit etwas Übergewicht, gerade so viel, dass es eher ein Reichtum war als ein Mangel... Pierre hatte sie gefragt, was sie von grünen Stümpfen halte? Es war ein Übermut, schneller als Pierres Schüchternheit, die sich kurz wunderte, aber da waren die Worte schon draußen.

Vor vier Jahren, ein Novembertag. Sie hatten sich wieder getroffen...

Pierre löste sich vom Schaufenster, ging weiter, erzählte sich seine Geschichte mit Uschi, erinnerte den Kuss, beim Abschied vor ihrer Tür. Alles war anders. Auf einmal war die Welt so unkompliziert. Die Angst war verschwunden, nein... Sie war da. Pierre konnte sie spüren, weil sie nicht mehr so groß war, nun war es möglich ihr zu begegnen. Pierre glaubte, dass er nun stark genug sei, ihr in die Fresse zu schlagen.

Er war verliebt.

Wie lange ein Mensch sich belügen kann...

Er bog in die Straße zu seiner Wohnung. Eine letzte Ampel, eine freundliche Ampel, gut bekannt. Du drückst und sie schaltet um. Wenn nicht gerade ein Bus kommt, der hat Vorrecht.

Wie viele Ampeln es gibt! Und wie unterschiedlich sie sind!

Die äußere Welt...

Lauter Monde, die dich zwingen zu warten oder die den Weg freigeben, du geduldest dich oder setzt dich durch. Du gehorchst der äußeren Welt oder du gehst bei Rot über die Straße. Weil es dir egal ist, dass die Ampel Autos liebt und keine Fußgänger. Auch wenn keine Autos zu sehen sind, sie zeigt stur auf Rot. Aber du weißt, wer du bist.

Du bist nicht dafür da, Ampeln glücklich zu machen. Du machst dich selber glücklich.

Pierre stieg die Treppen zu seiner Wohnung hoch, schloss sein Zimmer auf. Er stellte die Tasche ab, schaute zum Kühlschrank.

»Hallo! Ich habe dir was mitgebracht!«

Er rückte das Diplom zur Seite, packte den Kühlschrank voll, schloss die Kühlschranktür, wartete einen Moment, dann öffnete er sie wieder. Es war alles noch da. Er nahm einen Teller, stellte ihn auf den Tisch neben seinem Bett. Er legte die Tüte mit dem Drogenlutscher darauf ab. Dann schnallte er seine Posttasche ab, hängte ihn über den Stuhl seines Schreibtisches.

Er sah zur Dachluke. Es war noch zu früh, den Mond zu sehen. Aber es gab ihn, so viel war sicher. Er hatte nur noch keine Lust, sich zu zeigen.

Ob er, Pierre, auch einen inneren Mond besaß? Und vor zwei Tagen hatte der Mond seine Fülle erreicht, also ging es los?

Er zog die Schuhe aus, legte sich auf sein Bett, mit den Füßen auf der Verlängerung. Uschi hatte sie besorgt, zwei Kisten in Betthöhe, aneinander geschraubt, so dass sie auch die Bettbreite besaßen, und gepolstert. Der Vorteil einer Beziehung, du bist nicht allein, mit Füßen, die über die Bettkante ragen.

Pierre schaute zum Lutscher. Lucky rumpelte. »Puh«, stellte Pierre fest, »dich hätte ich fast vergessen.« Er wuchtete sich hoch, überlegte einen Topf mit Wasser aufzusetzen. Missis Jö hatte zur Wurst auch etwas Petersilie mitgegeben. »Warm oder kalt?«, fragte er Lucky. Der Magen war unschlüssig. Pierre entschied, die Wurst kalt zu essen. Danach die Petersilie, ebenfalls kalt.

Sie aßen schweigend.

Dann saßen sie noch eine Zeit lang da und Pierre fand heraus, dass es seine Bequemlichkeit war, die zu kalten Würsten führte statt zu den warmen. »Es ist alles gar nicht so kompliziert«, überlegte er, »ich bin nur faul.« Er lauschte seinen Worten nach, dann verbesserte er sich: »Nein, ich mag keine Umstände.« Nun nickte er zufrieden, packte den Lutscher aus. »Und wenn ich sterbe«, versprach er Lucky, »dann bekommst du den Kühlschrank. Mit Inhalt!«

* * *

Eine Arbeit für Pierre

»Pierre«, sagte Missis Jö, »du musst deine Vertretung wieder los werden.« Sie stand in der Küche, hatte eine große Bratpfanne aufgesetzt, schnitt eine Paprika zu Streifen und warf sie hinein. Die Pfanne zischte, Missis Jö zischte zurück.

»Wie meinst du das?«

»Es tut mir auch leid für den Sonnenbein, das wird ihn umbringen. Aber die Vertretung hat ihren Sinn erfüllt. Du bist hier und wir haben nicht so viel Zeit wie ich gewünscht hätte.«

Pierre gewöhnte sich daran, Missis Jös Mitteilungen in die Nachrichten zu unterteilen, auf die er antwortete, und die anderen, die noch zu warten hatten. »Na ja«, sagte er, »so ganz hat die Vertretung ihren Sinn noch nicht erfüllt. Ich arbeite für Geld.«

»Das ist richtig«, gab Missis Jö zu, »und da soll auch niemand dazwischen gehen. Aber es ist ein Notfall.« Sie zögerte, drehte das Feuer unter der Pfanne kleiner, meinte: »Ich bin nicht so gut in der Reihenfolge beim Kochen«, dann holte sie einen Topf und fragte: »Nudeln? Oder besser Reis?«

»Zu Paprika? Reis.«

Missis Jö nickte, sagte: »Das definiert.«

»Hä?«

»Man weiß ja nie, was beim Kochen rauskommt, aber wenn es Nudeln wären, würde ich mehr Soße versuchen. Nudeln brauchen immer was zum Aufnehmen.«

»Wieso soll ich meine Vertretung aufgeben? Da hängt einiges dran, ich kann nicht einfach hinschmeißen und...«

»Pierre«, unterbrach Missis Jö, »ich habe mit Robin telefoniert. Und das war nicht einfach, aber er hat es gemerkt und ist in das Dorf gegangen. Er hat ja kein Telefon in seinem Wagen und die Tandervilles schaffen das auch ohne, ich meine — die haben ja richtig viel Kinder.«

»Ach so«, sagte Pierre. Er entschied, erst einmal weiter zuzuhören. Missis Jö zog eine Schale näher, sie hatte Mett vorbereitet, formte kleine Klöße. »Ich bin glücklich mit Robin«, bekannte sie, »aber das sind die Momente, wo ich denke, er könnte sich auch mal überwinden.«

»Wofür, also... Wohin oder wie?«

»Robin ist Pantomime und er nimmt seinen Beruf sehr ernst. Obwohl er nicht mehr auftritt, also, nicht mehr auf den Bühnen. Das ist ihm zu lebensfremd, nur telefonier mal mit einem Pantomimen! Es ist eine sehr einseitige Angelegenheit, wirklich!« Missis Jö holte die Paprikastreifen aus der Pfanne, sortierte sie auf einen Teller, brummte: »Das hätte ich als Letztes machen sollen.« Nun legte sie die Mettklöße in die Pfanne, einen nach dem anderen, sah zu Pierre, mit Sorge in den Augen. »So habe ich auch nicht rausgekriegt, worum es geht, aber es ist eine größere Angelegenheit, es ist dringend!«

Pierre übersetzte. »Du hast also deinen Mann angerufen, weil du gespürt hast, dass er dir etwas sagen will, und er hat gespürt, dass du ihn anrufen wirst, darum ist er zu einem Telefon im Dorf gegangen, und dann konnte er dir nicht sagen, was los ist, weil er Pantomime ist?«

Missis Jö nickte. »Jetzt weißt du, wie ernst es ist. Er muss ganz schön gewedelt haben, vor dem Apparat. Aber ich sag ja, ich mag Telefonieren nicht. Es ist wirklich selten, dass da was Gutes bei rauskommt. Das sind immer Notfälle, und dann geht es los.«

»Ich weiß nicht, ob das gut ist, wenn ich dafür die Arbeit hinwerfe.«

»Aber es ist eine Chance, da musst du drüber nachdenken.« Missis Jö ließ das Essen allein, kam zu Pierre, setzte sich zu ihm an den Tisch. »Wenn wir der Agentur das erklären, wenn wir sagen, dass es dringend ist, eine einmalige Gelegenheit — wie es der Zufall will, habe ich eine gerade eine Anstellung ausgeschrieben, für einen Diplompädagogen, und du bist in der engeren Wahl.«

»Sie haben was?« Pierre wechselte zum Sie, alle Vertraulichkeit wich vor seinem Respekt vor einer ausgeschriebenen Stelle.

»Das können wir doch behaupten«, meinte Missis Jö.

»Moment mal...«

»Pierre, ich habe vom Klärmann, der glücklicherweise auch hier wohnt und sowieso nur nachts arbeitet, einen Vertrag ausarbeiten lassen, und ich habe vorher zwei Glaskugeln befragt, unten bei der Liebherr, was aber sowieso Quatsch ist, wenn man das nicht richtig kann. Nur finde ich, wenn eine Frau im mittleren Alter nicht mehr in der Lage ist, sich auf ihre Menschenkenntnis zu verlassen, dann kann sie gleich zumachen.«

Missis Jö nickte, gab sich selber recht, stand auf und ging zum Herd. Misstrauisch schaute sie in die Pfanne. »Und kochen kann ich auch nicht besonders gut«, meinte sie, drehte die Mettklöße, sprach weiter: »Wenn du dich heute kümmerst, nein, morgen, du musst ja erst mit dem Klärmann den Vertrag durchgehen, das geht nur nachts — also, morgen musst du noch mal austeilen, zur Not auch übermorgen, und am späten Nachmittag fahren wir los, dann sollte alles so weit sein.«

Pierre verdaute. Lucky knurrte. Er mochte es nicht, wenn Pierre verdaute, ohne dass das Essen auf dem Tisch stand. Missis Jö vermutete: »Ich nehme an, dass es um Thimies Freundin geht, das Reh. Aber sicher wissen wir das erst, wenn wir bei Robin sind. Ich kann den Spiegel nicht benutzen, aber er hat gut und lange gedient, ich will mich nicht beklagen. Nur wäre es dann einfacher.«

»Missis Jö«, bat Pierre, »könntest du so tun, als würden wir uns erst einen Tag lang kennen und als sei ich noch nicht in alle Geheimnisse deines Lebens eingeweiht?«

»Das kommt schon noch«, tröstete Missis Jö. Sie erklärte: »Wir könnten durch den Spiegel gehen, dann wären wir gleich da, wo wir hinwollen, selbst wenn wir nicht wissen, wo das ist.«

»Okay...«

Pierre dehnte das Ende seines Okays, drückte so seine Skepsis aus. Missis Jö ging zum Spiegel, putzte eine Stelle frei und stieß mit dem Finger dagegen. »Siehst du«, sagte sie, »ich komme nicht durch.«

Nun war auch Pierre überzeugt. »Tatsächlich«, gab er zu, »äußerst ungewöhnlich.« »Aber er wäre sowieso nicht breit genug für Mutters Rollstuhl«, winkte Missis Jö ab, »sie will auch mit.«

»Na dann«, sagte Pierre.

»Das ist, weil es ein sehr alter magischer Gegenstand ist, und solche Gegenstände entwickeln sich zeitgegenläufig. Das heißt, dass der Spiegel mittlerweile zu jung geworden ist, um noch zu funktionieren.«

Pierre redete weiter mit. »Verstehe«, behauptete er. Er überlegte: »Und wäre der Spiegel ein junger Gegenstand...« »Richtig«, bestätigte Missis Jö, »dann kann es sein, dass die Kraft nicht ausreicht.«

»Also nimmt man besser ein Pferd?«

Missis Jö überhörte Pierres Bemerkung. Sie holte die Klöße aus der Pfanne, stapelte sie zu den Paprikastreifen. »Zurzeit lasse ich den Spiegel in Ruhe, in der Hoffnung, dass sich sein Alter noch mal zurückdreht, weil er so staubig ist und halbblind und scheinbar niemand ihn braucht. Ich simuliere einen Lebensabend, also für ihn. Er hat noch eine Küchenecke, aber es ist nichts mehr los, ab und zu klopfe ich an und sage, dass er keinen Besuch hat, leider...«

»Das hilft bestimmt, dass er wieder zu sich kommt.«

»Das meine ich auch«, nickte Missis Jö, »es sei denn, du bist gerade ironisch.« Sie füllte Wasser in einen weiteren Topf, stellte ihn auf die Herdplatte, griff in einen Unterschrank und holte Zwiebeln heraus.

»Was ist?«, fragte sie: »Hast du gelutscht?«

»Ja«, sagte Pierre, mit den Gedanken wieder bei dem Vertrag, der bereits ausgearbeitet war, von einem Klärmann...

»Und?«

»Ich bin geflogen«, erinnerte sich Pierre, verbesserte: »Nein, ich bin geflattert.« Er fügte an: »Du solltest dir den Lutscher patentieren lassen, aber dich vorher bei der Polizei erkundigen, was dir die Verbreitung einbringt.«

Missis Jö nickte wissend. »Geflattert«, wiederholte sie, »das dachte ich mir.«

»Und ich war sehr fröhlich. Ich bin sozusagen fröhlich eingeschlafen. Ich hab gelutscht und bin geflattert. Ich hatte so ein Gewand an, mit langen, weiten Ärmeln, mit denen bin ich in die Luft gestiegen, aber... Dann habe ich etwas gesehen, ein Tier, ein abgerissener Kopf, und dann war es ein Gerippe. Und ich konnte nicht mehr fliegen.«

»Natürlich«, verstand Missis Jö.

»Leute haben geguckt und ich wollte abhauen, aber ich kam nicht weg, ich hing in der Luft, es war...« Er suchte Worte. »Wie eine Beerdigung. Aber ich habe gelebt. Und ich kannte auch niemanden. Also habe ich so getan, als sähe ich sie nicht, und dann... Ich weiß noch, dass ich auf einmal ganz gelassen war. Ich habe mir im Traum klar gemacht, dass mich die Leute nichts angehen.«

»Prima!«

Missis Jö strahlte, sah zu Pierre, mit Tränen in den Augen. Es sah nach Freude aus, waren aber wohl die Zwiebeln.

»Darauf sind sie näher gerückt...«

»Ja, weil sie dich angehen, darum«, begeisterte sich Missis Jö. Sie nahm ein Tuch, trocknete ihre Augen.

»Aber es war mir egal. Ich lag auf dem Rücken und bin geschwebt. Ich war tot. Aber gleichzeitig war da noch etwas anderes. Ich...«

»Ja?«

»Ich weiß es nicht. Der Wecker hat geklingelt.«

»Mist«, schimpfte Missis Jö, »aber du bist auf dem Weg!«

»Ja«, murmelte Pierre, mit den Gedanken weit fort. Er staunte über die Genauigkeit seiner Erinnerung. Der Traum war wieder da, mit allen Gefühlen und Bildern. »Ich bin auch gleich wieder eingeschlafen«, erzählte er, »kurz habe ich überlegt, ob ich noch mal lutsche.«

»Das hätte nichts mehr gebracht«, winkte Missis Jö ab, »du hast die Außenschicht aufgebraucht, der Rest ist Kirsche mit Holunder. Ich hatte kein Abendkraut mehr im Haus. Aber jetzt musst du erstmal wieder die äußere Welt erleben, der Lutscher braucht Futter, das ist wie mit einem Auto, ohne Benzin kannst du da noch so lange dran lutschen, da passiert nichts.«

Pierre spürte Trauer. Es war das Gefühl beim Aufwachen. Als habe er ein Glück versäumt, weil er gezögert hatte. »Missis Jö«, fragte er, »Sie wollen mich... Also, du willst mich wirklich anstellen?«

Missis Jö setzte einen weiteren Topf mit Wasser auf. Sie lief los, zur Kühlkammer im Flur, verschwand im Inneren, kam zurück, schüttete den Inhalt einer Tüte in den Topf. »Ja«, sagte sie, »ich kann dir auch eine Dienstwohnung bieten, aber es gibt keinen Urlaub, das muss klar sein. Wer Urlaub braucht, der sollte sich gleich eine andere Arbeit suchen.«

»Das ist doch Irrsinn«, murmelte Pierre. Missis Jö war enttäuscht. »Findest du Urlaub so wichtig?«

»Nein«, stellte Pierre richtig, wollte noch etwas sagen, aber es war zu viel, das nach vorne drängelte. Eine Arbeit...

Es war ein Thema, bei dem Pierres Wille zum Absurden an seine Grenzen geriet. Dazu hatte er zu viele

Bewerbungen absolviert, zu oft erfahren, dass er für die Welt, in der er lebte, wenig geeignet war. Es war etwas anderes als ein magischer Spiegel, der nicht funktioniert, und damit ist alles erklärt und richtig. Oder ein Traum, der aufwühlt, aber hinterher ist die Welt genauso trüb wie zuvor.

Meinte Missis Jö ihr Angebot ernst? Konnte sie es ernst meinen? Die kurze Zeit, die er Missis Jö kannte, und sie ihn, und überhaupt... Für eine Anstellung braucht es mehr als eine Wohnung mit geräumiger Küche, es braucht einen Ort, an dem sein Diplom gefragt war, und einen Grund, eine Aufgabe...

»Was soll ich denn leisten?«

»Es gibt immer zu tun«, antwortete Missis Jö. Sie kramte in einem unteren Schrank, es klapperte. Missis Jö setzte sich durch, holte einen mächtigen, gusseisernen Bräter hervor, murmelte: »Der könnte reichen.«

Der Bräter wurde eingefettet, die kleine Pfanne zurück aufs Feuer gestellt. Missis Jö streute Zucker, sagte: »Wir haben eine Verantwortung zu tragen. Und mit dem Gehalt müssen wir gucken, was wir aufschreiben und was die Versicherungen kriegen. Aber dafür ist der Klärmann wirklich gut zu gebrauchen, der schafft das.«

»Irrsinn«, murmelte Pierre ein weiteres Mal.

»Ja«, bestätigte Missis Jö, »aber im Bereich des Möglichen.« Sie hob den Topf mit dem Reis von der Herdplatte, goss das Wasser ab, tat gleiches mit dem zweiten Topf, füllte seinen Inhalt in den Bräter. Klöße und Paprika folgten, die Zwiebeln wanderten in die Pfanne mit dem Zucker.

»Ob das so richtig war?«, zweifelte Missis Jö. Sie lachte, zwinkerte zu Pierre: »Wir können es ja als Essensorakel ansehen. Wenn es schmeckt, ist alles gut.«

»Darf ich den Vertrag sehen, haben Sie ihn hier?«

Missis Jö schaute unwillig. »Wenn du mich immer siezt, wenn es um deine Arbeit geht, dann kommt da noch eine Klausel in den Vertrag. Mit einem Straffastentag oder so was.« Der Reis verschwand im vorgewärmten Backofen, Missis Jö schnitt Tomaten auf. »Entschuldigung«, meinte Pierre. Er stand auf, lief in der Küche hin und her, sein Gehirn arbeitete, ohne genaues Wissen, woran.

»Noch so was«, antwortete Missis Jö, »das muss sich auch ändern.«

»Was?«

»Wer sich entschuldigt, klagt sich an.«

Pierre hatte keine Lust, dem Gedanken zu folgen. Missis Jö freute sich über seine Aufregung. »Was nicht immer stimmt, aber es hat seine Häufigkeit«, sagte sie. »Und den Vertrag zeigt dir der Klärmann, mit mir hättest du keine Geduld, den durchzugehen. Oder ich... Da musst du runter gehen, aber es ist jetzt noch zu früh.«

»Klärmann«, prägte Pierre sich ein.

Missis Jö kümmerte sich um die Soße. »Basilius Klärmann, und bind dir einen Schal um, er ist seltsam.«

»Was zu erwarten war.«

»Er hat irgendwann herausgefunden, dass er zur Hälfte ein nordamerikanischer Vampir ist«, plauderte Missis Jö, »daraufhin seine Bankanstellung geschmissen und jetzt handelt er nachts mit australischen Anleihen oder so.«

»Aha«, sagte Pierre. Er vermutete: »Die große Tür eins tiefer?«

Missis Jö rührte im Bräter, vorsichtig — er war eindeutig überladen. »Ja«, sagte sie, »er ist so verdammt reich, dass er beide Wohnungen gemietet hat, also wirklich, zu einem Wucherpreis, es ist unverschämt, aber das konnten wir ihm nicht ausreden. Also haben wir ihm die Tür genehmigt.«

»Da stehen Hausschuhe. Ich dachte, da wohnen mehr Leute? Eine Familie mit Kindern oder so.«

»Pure Sehnsucht«, erklärte Missis Jö, »vielleicht auch Tarnung, der Klärmann ist schwer zu durchschauen.«

»Wahrscheinlich ist er auch nicht ungefährlich?«

Missis Jö nickte. »Wir werden ihn fragen, ob er dir Hausschuhe leiht, und dann behältst du sie einfach. Mal sehen, ob er sich beherrschen kann.« Sie deckte den Tisch. »Aber mit einem Schal kann dir nichts passieren«, beruhigte sie Pierre, »und wenn du ganz auf Nummer sicher gehen willst, dann reib den Schal mit Knoblauch ein.«

Pierre gefiel der Gedanke nicht. Missis Jö hob den Kopf, schrie: »Mutter, willst du auch was essen?« Sie lauschte, bekam keine Antwort. »Herr Je«, meinte sie, »wenn Thimie nicht nach Hause kommt, habe ich eindeutig zu viel gekocht.«

»Thimie ist unterwegs?«

»Ja, aber das dauert noch, bis sein Mond wieder loslegt. Erst mal sind wir in Sicherheit. Ich nehme an, er ist in der Bücherei. Er liebt Bücher. Aber er zeigt es nicht gerne. Wollen wir essen?«

Es reichte für eine Kompanie. Dennoch war es nur Pierre, der aß. Missis Jö sagte, dass es für sie noch zu früh sei. Sie setzte sich zu Pierre, schaute ihm zu. Es schmeckte vorzüglich. Pierres Aufregung ließ nach, er entschied, keine weiteren Fragen mehr zu stellen – was sein würde, würde sein, und wenn es den Vertrag tatsächlich gab, die Anstellung...

Und eine Wohnung! Im Haus der Missis Jö. Mehr als zwölf Quadratmeter mit Schräge. Eine Wohnung mit Platz, mit hoher Decke, mit einer eigenen Dusche, geräumig, mit genug Platz für die Ellbogen, demnächst würde der Sonnenbein aus dem Urlaub zurück kommen und ihm die Post bringen... Mit Vorwurf in den Augen, aber das war zu ertragen.

Was hatte er zu verlieren? Was mochte er gewinnen? Der Gedanke an eine ordentliche... nein, an eine Arbeit, als Diplompädagoge für besondere Existenzen, kleine Jungen, die auf Mond reagieren, nordamerikanische Halbvampire, die sich nachts in Australien herumtreiben, per Internet, aber vielleicht fliegen sie auch hin, um über den Weg der Anleihe die Menschheit auszusaugen...

Und wer weiß, wer noch im Haus wohnte und besonders war, wer weiß, was los war bei dem Pantomimen, wahrscheinlich war er es, Pierre, der demnächst mit Missis Jös Mann telefonierte, ein Arbeitsfeld seiner Anstellung, vertraglich definiert, aber es gab ja bereits die ersten Bildtelefone, also war es möglich, ha!

Pierre hatte die Arbeit noch nicht begonnen, aber schon eine erste Lösung parat!

Er aß. Missis Jö sah ihm zu, sichtlich zufrieden mit sich und ihrer Welt, sie schwieg, genoss Pierres Hunger. Dann fragte sie: »Wie sieht es eigentlich aus mit deiner Selbstverteidigung? Wenn das jetzt alles losgeht... Du könntest Stunden nehmen. Bei Mutter.«

»Ich soll was?«

»Ja«, strahlte Missis Jö, »du musst es ja nicht anwenden. Ich zum Beispiel habe auch studiert, das sieht man mir nur nicht an. In zwei richtigen Hochschulen, mit dem Fahrrad! Und mehr als ein Semester, wirklich! Ich habe nur die Prüfungen ausgelassen, ansonsten ist alles da!«

* * *

Dienstbeginn

Pierre saß auf dem Parkettboden seiner neuen Wohnung, atmete die Größe des Zimmers, schaute zum Leuchter an der Decke, dem Stuck an den Wänden, hinter einer Flügeltür wartete ein weiteres Zimmer, teilmöbliert. Missis Jö hatte das große Bett, in dem Pierre geschlafen hatte, herunterbringen lassen, auf dem Dachboden des Hauses hatte sich Pierre zwei Schränke aussuchen dürfen, einen kleinen, den er als Nachtschrank neben das Bett stellte, und einen großen für die Kleidung. Es war ein Geschwisterpaar aus schwerem, dunklem Holz, mit den gleichen Schnitzereien verziert, nicht die Art, die gewöhnlich auf Dachböden steht.

Donald hatte geholfen. Er überragte Pierre um einen halben Kopf, besaß das Gewicht von mehreren Sonnenbeins, mit anderer Rechnung ungefähr eineinhalb mal Pierre, war ein Ausbund an freundlicher Hässlichkeit, mit einem schiefen Körper, das eine Bein etwas kürzer als das andere. Doch er nahm den Nachtschrank, als besäße er kein Gewicht, und während Pierre der Schweiß lief, als sie den großen Schrank herunter trugen, grinste er nur, nahm geduldig Rücksicht auf Pierres wiederkehrenden Wunsch, den Schrank kurz absetzen zu dürfen.

Pierre lernte auch seine Mutter kennen, Dr. Tatjana Hessenstein. Eine eher zierliche Frau, beide wohnten im zweiten Stock, sie war Wissenschaftlerin — Neurologie und Organverpflanzung.

Sie half beim Putzen.

Es war ihre Leidenschaft. So wie Donald Sauerkraut liebte. Als die Hessensteins einzogen, hatte Missis Jö erzählt, bohnerte sie sofort das Treppenhaus. Von oben bis unten, und in der Folge jede halbe Woche. Es wurde ihr höflich untersagt. In ihrem Stock allerdings durfte sie. »Soviel Rücksicht muss sein«, hatte Missis Jö erklärt.

Neben Pierre wohnte die Liebherr, eine kleine, aber breite und heftig geschminkte Frau. Sie behauptete eine Liebesgöttin zu sein. Sie hatte Blumen zu Pierres Einzug gebracht, ihm ihre Hilfe angeboten, falls er mal Kummer habe oder nicht mehr allein leben wolle, und Pierre hatte versprochen, auf ihr Angebot zurück zu kommen. Dann fügte sie noch an, dass Pierre ein eher östlicher Typ sei. »Ob er schon einmal in Bulgarien gewesen sei?«, fragte sie.

Besenstraße 13...

Ein Haus für Sonderfälle, und nun gehörte er, Pierre, dazu.

Doch was an ihm war besonders? Noch nicht einmal seine Größe zählte noch, Donald war überlegen. Pierre hatte bisher behauptet, dass er anders sei als andere, aber nun waren sie es.

Pierre schaute in die Leere des Zimmers. Er stellte sich Einrichtungen vor, fragte sich, welcher Stil zu ihm passen würde und ob er einen besäße? Missis Jö hatte ihm auch einen Sessel gezeigt, auf dem Dachboden. Ein bequemer Sessel, allerdings giftgrün. Außerdem war der Sessel wahrscheinlich noch verzaubert, es sei nicht gut, in ihm einzuschlafen...

Pierre hatte abgelehnt. Nicht wegen der Magie.

Nein, er würde warten mit dem Einrichten. So viel wusste Pierre: Räume füllen sich selbst. Mit der Zeit und ihren Ideen. Platz verführt, es ist eine Art Liebe zum Suizid.

Er sah zur Gardine. Auch die würde er auf Dauer nicht aushalten. Mit Puttenmuster! Ein Nachlass der Vormieterin. Sie hatte gern hier gewohnt, behauptete Missis Jö, doch sie war ein Sonnenmensch. Ihr gefiel das Wetter nicht. Und sie kam nicht mit dem Klärmann klar, auch das gab es im Haus der Missis Jö.

Unstimmigkeiten zwischen den Mietern.

Was Uschi wohl sagen würde? Wenn sie wieder kam. Wenn sie nicht gleich auf Barbados blieb, nicht wegen des Wetters. Und wie mochte es sein, wenn er, Pierre, Besuch empfing? In einer repräsentativen Wohnung mit gefülltem Kühlschrank, einem Leuchter an der Decke und Schränken, die nach Alter und Wert aussahen. In einem Haus mit Friedhofsengel im Flur, einer Liebespraxis nur eine Tür weiter und mit einem imposanten, etwas verunglückten, aber selbstgefertigten Donald als Nachbarn...

Die Hessensteins waren herzliche Menschen. Pierre würde gut mit ihnen klarkommen. Der Klärmann war schwieriger. Ein bleicher, hagerer Mann mit Augen, denen die Zurückhaltung fehlt. Vornehm, auf die Art, bei der man den eigenen Wert anzweifeln möchte, oder den des Gegenüber.

Doch er hatte gute Arbeit geleistet. Pierre konnte einen Vertrag vorweisen, er war nun Referent für Öffentlichkeitsarbeit in einem eingetragenen Verein zur Integration und Förderung von auffälliger Sonderbegabung. Er hatte gebraucht, es auswendig zu lernen. Für den Fall, dass es gebraucht wurde.

Was auf ihn zukam, er wusste es noch nicht. In einer halben Stunde sollte es losgehen, hin zu Robin, dort würde er Weiteres erfahren. Missis Jö war unterwegs, holte das Auto, sie hatte es verliehen. Medam Jös Rollstuhl stand bereits unten im Hausflur. Donald hatte zugesagt, die alte Dame zum Auto zu tragen.

»He!«

Thimie stand in der Tür. Er grinste. »Alles gut bei dir?«

Pierre erinnerte, dass er die Wohnungstür nicht geschlossen hatte. Ja... Weil er noch einzog. Weil er noch nicht glaubte, dass es wahr sei. Er besaß eine Wohnung. Mit zwei Zimmern, mehr, als er gleichzeitig nutzen konnte. Mit einer eigenen Dusche, und sie war groß — die Ellbogen stoßen nicht an, der Kopf muss nicht eingezogen werden, es ist auch nicht mehr notwendig, die Strümpfe anzubehalten...

Thimie setzte sich zu Pierre auf das Parkett.

»Gefällt es dir hier?«, fragte er. Er wartete die Antwort nicht ab. »Ich freue mich auf den Wald, aber ich finde es schade, dass wir gleich wieder getrennt werden. Du bist spannend, und vielleicht wird es ja was mit uns. Wenn du erst einmal weißt, wer du bist.«

»Na ja«, sagte Pierre. Ihm fiel nichts Besseres ein.

»Du bist doch nicht vergeben, oder?«

Pierre suchte Worte. Er fand zu viele. »Einerseits«, begann er, sortierte seine Gedanken, stellte einige nach hinten, erwischte einen, der sich vorschummeln wollte, und fasste vorläufig zusammen: »Aber ich bin kompliziert.«

Thimie schloss sich an. »Ebenso.«

»Trotzdem...«

Pierre zog die Stirn kraus. »Ich glaube, das wird nichts. Also, mit uns. Und mit dem Heiraten. Der Altersunterschied und...« Er nannte keine weiteren Gründe, besonders nicht den einen. »Aber wir können Freunde sein«, fügte er an und bereute seinen Satz, kaum dass er ihn ausgesprochen hatte. Nicht, weil er nicht stimmte. Nur hörte er sich an, als folge eine mittelmäßig begabte Lehrertochter den Textanweisungen eines Autors für Fernsehsoaps.

Thimie störte es nicht. »Okay«, nickte er, »und wenn du willst, kannst du ja mal mit mir losziehen und angeben.«

Nun fand Pierre, dass Thimie etwas zu schnell aufgegeben hatte. Doch es war besser so. »Einverstanden«, sagte er, »das gibt bestimmt eine Menge Spaß.«

»Darf ich dich was fragen?«

»Ja...?«

»Wie ist das, wenn man sexuell ist? Ist das anstrengend? Und möchte man das auch oder stört das eher?«

Pierre überlegte. Er kam nicht weit.

»Darf ich mich ausziehen?« stellte Thimie die nächste Frage. »Nur die Schuhe. Und das Hemd?« Pierre zögerte, sein Hirn sandte Antworten, aus verschiedenen Ecken. »Ich meine, ich gefalle dir doch«, schob Thimie nach, »oder bin ich hässlich?«

Noch mehr mögliche Antworten. Pierre entschied, hinten anzufangen. »Darum geht es nicht«, sagte er, arbeitete sich vor, »es wäre vielleicht sogar einfacher, wenn du nicht so gut aussehen würdest, also...« Er setzte neu an. »Ich bin sexuell.« Das war treffend, annähernd. »Aber das bin ich auch nicht immer, und wir kennen uns ja schon etwas...« Er stockte, kam sich blöde vor. »Mein Gott!«, stöhnte er, »nun zieh schon aus.«

Thimie griente. Glücklich sprang er auf, riss sich die Schuhe von den Füßen, die Strümpfe folgten, dann kam das Hemd dran. »So weit?«, fragte er, die Hände an der Hose, bereit weiter zu machen.

»Ja, mehr nicht«, bestimmte Pierre.

»Obwohl wir ja eigentlich unter Männern sind«, argumentierte Thimie.

Pierre nickte. »Eben!«

Thimie setzte sich wieder. »Ich finde Kleidung unanständig«, sagte er, »außer es ist kalt, aber das ist häufig auch Einbildung, und dann kann man ja die Heizung aufdrehen.«

»Genießen ohne zu essen«, murmelte Pierre.

»Mutter sagt, dass wir die Dinge zu sehr verknüpfen«, erzählte Thimie, »wir denken zu viel.«

»Mit Mutter meinst du Medam Jö?«

»Ja, sie sagt, dass wir zu sehr in der Zukunft hängen, immer etwas vorhaben, wenn wir etwas sehen, wir haben immer eine Absicht. Und genauso hängen wir in der Vergangenheit, so dass wir gar nicht hinschauen können ohne etwas zu wissen, was so gar nicht sein muss.«

»Die Gegenwart ist die einzige Wirklichkeit«, verstand Pierre. »Und selbst davon gibt es zwei«, ergänzte

Thimie, »aber wir senden unsere Wahrnehmung nach vorne und hinten, nur selten neben uns.« Eine Strähne lag vor seinem Auge. Er versuchte sie fortzublasen, aber sie wehrte sich.

Pierre traf eine Entscheidung. Am Vormittag hatte er überlegt, ob er sein Diplom aufhängen solle. An einer der Wände seiner neuen Wohnung. Nun war es klar: Der bessere Ort war eine Schublade. In einem Haus, in dem kleine Jungs über das Phänomen der Zeit und ihre Auswirkungen auf die Wirklichkeit referieren. Wenn er was Handfestes studiert hätte, ja... Mit einer Urkunde zum Abschluss, die etwas hermachte. Womit es möglich wäre anzugeben, ein Diplom in Landschaftspflege oder Ikebana. Missis Jö hatte Biologie studiert, aber nur kurz, dann Theologie, für eineinhalb Semester, mit dem Ergebnis eines schönen Pullovers, den sie während der Vorlesungen gestrickt hatte. Um ihn bei Bewerbungen anzuziehen, falls es mal notwendig sein würde...

Thimie hatte die Strähne besiegt. Er sah zu Pierre, legte den Kopf schief, erst zur einen Seite, dann zur anderen. Er klapperte mit den Augen.

»Großreinemachen?«, fragte Pierre.

Der Junge morste eine Antwort. Pierre zögerte, dann gab er ein mehrmaliges Zwinkern zurück. Thimie lachte. »Und was heißt das?«

Pierre hatte nicht darüber nachgedacht. Er improvisierte, sagte: »Ich glaube, dass du es gut hast.« Wieder zwinkerte er, übersetzte das Klappern: »Was man nicht besitzt, ist nicht da. Also zählt es nicht, es ist nicht der Rede wert.«

»Mein Sex?«

»Ja«, bestätigte Pierre. »Das, was man besitzen muss, erleben muss, von dem andere meinen, nicht ertragen zu können, wenn es nicht da wäre.« Thimie morste ein Missfallen. »Darum wollen sie, dass es auch dir wichtig ist«, sagte Pierre, »weil sie es brauchen.« Er holte tief Luft, fügte an, mit einer Spur Pathos in der Stimme, als spräche er den Text einer Theateraufführung: »Und wir mühen uns, ihnen zu gefallen, aber — sie würden von einem Blinden das Sehen verlangen, von einem Sehenden das Blind-Sein, nur damit ihre Welt in Ordnung ist.«

Thimie zeigte sich beeindruckt. Er klapperte eine Antwort, Pierre morste zurück, abwechselnd mit dem linken, dann mit dem rechten Auge. Thimie unterbrach, breitete die Arme aus, schaute fordernd zu Pierre, als habe er eine Frage gestellt, erwarte eine Antwort.

»Nein«, sagte Pierre.

Thimie zuckte mit den Schultern. »Warum sind alle Leute so hosenvernarrt?«, beschwerte er sich. Er zwinkerte einen Aufruf zum generellen Protest, eine flammende Rede, die er in alle Winkel des Zimmers verteilte. Pierre morste dazwischen, ohne Kenntnis des Zwinker-Alphabets, egal.

Augenworte...

Pierre ließ sie flattern, füllte sie mit Gedanken. Es gefiel ihm, er klapperte ein Rezept für Kohlrouladen, in Höhe der Soße gab er auf, morste eine Kurve. Er zwinkerte, dass es gar nicht so einfach sei, erzählte von sich, sprach wortlos, nur mit den Lidern, von dem Sex, mit dem er herum lief, mit dem es ihm nicht gelang, einfach zu leben, immer wollte er sich einmischen, verlangte Aufmerksamkeit.

Thimie hatte aufgehört zu klappern. Pierre bemerkte es, hörte ebenfalls auf zu morsen.

Sie sahen sich an, diplomierter Pädagoge, neuerdings mit Anstellung, und halbnackter Engel, vom Himmel auf den Parkettboden einer Zweizimmerwohnung gesandt, von einem Nachthimmel, der ihm die Farbe seiner Haare mitgegeben hat, seiner Augen. Davor hat er Wolkensport betrieben, es ist im Himmel üblich. Es hilft der Vollkommenheit des Äußeren.

Wieder eine andere Sprache. Kein Geklapper mehr, nur Teichaugen, die schauen. Es ist alles gesagt bis auf ein Letztes, ein Mögliches, das schweigt.

Pierre scheiterte. Er wich dem Blick des Jungen aus, spürte Ärger, sah wieder hin. »Es gibt nichts, das ich mir nicht vergeben könnte, und nichts, das ich nicht überwinden möchte«, sagte Thimie.

Pierre horchte auf. »Ein Zitat?«

»Morgenstern.«

»Und das holst du so einfach aus der Tasche?«

Thimie grinste. »Das geht auch ohne Hose.«

»Und wie geht es weiter?« fragte Pierre.

»Das liegt an dir.«

»Nein, ich meine — das Gedicht.«

Thimie zuckte mit der Schulter. »Jetzt ist die Tasche leer«, behauptete er, »die Hose hat ihren Zweck erfüllt.«

Pierres Gedanken sirrten in der Luft, auf der Suche nach einem Landeplatz. »Wie viel Kampf ist richtig«, fragte er, »möchte ich alles überwinden?«

Er erinnerte ein Seminar, das er besucht hatte, das Humesche Prinzip, der Fehlschluss vom Sein zum Sollen. Er sortierte seine Erinnerung, um sie mitzuteilen, stellte fest, dass es ihr an Genauigkeit fehlte, wechselte zum Begriff der negativen Freiheit und verwuselte sich, räumte Bücher aus seinem Kopf, fand ein Hochglanzmagazin, eindeutig unter seiner Würde...

Er seufzte. Es war ein Seufzer unter der Last der Gedanken, die er mit sich schleppte, aber es war noch immer Raum in ihm, für das Glück der neuen Wohnung, weiter hinten für den Augenblick — mit Thimie, auch wenn er ihn noch nicht ertrug, auswich...

»Ja«, entschied Pierre, »und es ist egal, wie viel Dummköpfe herumlaufen, Leute, die dir helfen wollen, beim Überwinden.« Er zeigte ein grimmiges Gesicht, hinter schwarzem Wucherbart. »Leute, die wissen, wo es lang geht, und dann kriechen sie in dich rein, mit einem Kopf, der nur das eigene Leben kennt und meint, er sei Gottes bessere Schöpfung, weil er Beine hat und Augen und...«

»Geilheit«, sagte Thimie.

Pierre schaute zum Fenster. Dahinter die Welt, gerahmt von einer Puttengardine, nachtblau, übersät mit alabasterweißen, gut genährten Flügelkindern, die Flöte spielten oder eine Trommel schlugen.

»Siehst du die Engel da? Alle mit nacktem Hintern.« Thimie folgte Pierres Blick. »Sie dürfen nackt an der Gardine hängen«, sagte Pierre, »weil es sie nicht wirklich gibt, das ist ihr Vorteil.«

»Aber mich gibt es wirklich?«

Pierre zog die Schultern an, zeigte Bedauern. »Es ist das Problem der Hose. Du brauchst sie nicht. Aber andere brauchen sie. Und es ist schwierig die Mitte zu finden. Wann nehme ich Rücksicht auf die anderen und wann auf mich? Was ist, wenn wir uns zusammenrotten, und wir sind alle gegen mich?« Seine Stimme wurde leise, verlor sich nach innen. »Wir überwinden mich, die anderen und ich.«

»Ich habe es ausprobiert«, sagte Thimie, »mit dem Sex. Aber ich kriege keine Meldungen.«

»Da werde ich dir besser nicht helfen«, flüsterte Pierre. Er sah zu Thimie, fügte an: »Aber du bist ein guter Co-Pilot.«

Nun war es einfach. Nebel löste sich auf, Pierres Blick klärte sich. Er sah den Landeplatz. Er streckte die Hand aus, sagte:

»Komm!«

Thimie zeigte ein breites Lachen. Er rutschte näher, Pierre änderte seinen Sitz, machte Platz. Der Junge drehte sich, lehnte sich mit dem Rücken an Pierre. Vorsichtig hob Pierre die Hände. Er hielt sie in die Luft, bereitete sie vor, als gälte es, sie in Feuer zu tauchen. Aber es ist möglich, die Hitze nicht zu spüren, bei genügender Konzentration...

Er legte die Hände an. »Ich darf uns nur nicht verwechseln«, murmelte er, »dann ist alles so wie es sein soll.«

»Und was ist Liebe?« fragte Thimie.

Pierre spürte Trauer. Sie näherte sich, hockte sich hinter seine Augen. »Wenn es schief läuft«, sagte er, »dann ist es erst mal genau das Gegenteil. Dann ist es eine Verwechslung.«

»Und wenn es richtig läuft?«

»Dann ist ganz viel nicht da. Ganz viel, dass es nicht gibt — so wie die Putten. Sie dürfen sein. Kein Fordern, keine Angst, du hängst mit nacktem Hintern an einer Gardine und nichts stört.«

Thimie lehnte den Kopf an Pierres Schultern, schloss die Augen. »Vielleicht bin ich auch eine Putte«, überlegte er.

Pierre schloss die Arme um den Jungen, schaute zur Decke, zum Leuchter, sagte: »Ja, vielleicht.«

Er hatte Missis Jö nicht bemerkt. Sie stand in der Tür, mit schiefem Kopf, ein Lächeln auf ihrem Gesicht. Nun schlich sie leise fort, zur Wohnungstür, dort hustete sie, klopfte an. Pierre wollte Thimie fort schieben, aber der Junge ließ sich nicht schieben. »Wo sind meine Männer?«, sang Missis Jö, erschien erneut in der Tür, sah einen halbnackten Sohn, angelehnt an einen Diplompädagogen, der sich mühte, nicht dazu zu gehören, und meinte:

»Fein. Da hast du deine Arbeit ja schon mal angefangen. Aber jetzt müssen wir los.«

* * *

Die kleinere Straße

Pierre kannte sich nicht so gut aus mit Automarken. Ein blausilberner Sonstwas fuhr vor, ein Gefährt, das an alte Zeiten erinnerte. Missis Jö saß darin, winkte fröhlich.

Es war ein hoher, geräumiger Sechssitzer mit Schnauze und Kühlergrill, zwei großen Außenscheinwerfern und hoch geschwungenen Schutzblechen über den Vorderreifen. Ein Eigenbau, der Vereinswagen, geeignet zum Transport auffälliger Sonderbegabungen...?

Missis Jö parkte den Wagen, Donald brachte Medam Jö, übergab sie an Pierre. Die alte Dame war nicht leicht.

Doch von nun an war Pierre zuständig, also musste er lernen, die Dame zu tragen. Er wuchtete sie ins Auto, Medam Jö gab ein freudiges »Huch« von sich. Als Nächstes wurden die hinteren Sitze ausgebaut, machten Platz für den Rollstuhl, für einen kleinen, zusammenklappbaren Camping-Tisch mit zugehörigen Stühlen, einen riesigen Pappkarton mit geheimem Inhalt, dann folgten zwei Koffer mit Thimies Sachen — einer hätte gereicht, behauptete Thimie, sowie weitere Koffer, es waren mindestens zwei oder drei Übernachtungen geplant, aber es könnte auch sein, dass es länger dauerte. Pierre hatte einen Rucksack gepackt, zuletzt wurde ein Korb mit Verpflegung verstaut, Pierre erkannte unter anderem eine Thermoskanne und Missis Jö erklärte: »Not macht bürgerlich.«

Pierre hatte die längsten Beine, also durfte er vorne sitzen. Wieder murrte Thimie und behauptete, dass es Absicht sei. Er setzte sich in die zweite Reihe, neben Medam Jö, sagte: »So wird das nie was mit uns«, und erhielt einen strengen Blick.

»So«, sagte Missis Jö, »wenn alles gut geht, kann ich das noch.« Sie drehte den Schlüssel, trat ins Pedal, das

Auto machte einen Sprung — »Jawoll«, meinte Missis Jö und fuhr los.

Schon bald legte sich Pierres Sorge. Missis Jö fuhr nicht, wie sie redete, sie lenkte den Wagen souverän durch den heftigen Nachmittagsverkehr, nur dann und wann griff sie zu einem kleinen, künstlichen Vogel, der auf der Ablage hockte, auf seinen Einsatz wartete, und hielt ihn hoch, wenn ihr das Verhalten eines Verkehrsteilnehmers nicht gefiel.

Thimie wirkte nicht glücklich. »Ich habe es mir anders überlegt«, sagte er, aber niemand gab Antwort. »Und was ist, wenn ich ab sofort nicht mehr vor die Tür gehe? Kann ich dann...«

»Nein«, sagte Medam Jö und er war still. Die Straßen wurden freier, sie verließen die Stadt. »Es ist ja nicht so weit«, mühte sich Missis Jö, ihren Sohn zu trösten, »und es gibt auch eine Zugverbindung, es gibt Fahrräder, einmal bist du zu Fuß zu Robin gelaufen, die ganze Strecke...«

Thimie seufzte. »Ja«, sagte er, »dann komme ich im Herbst mal vorbei.«

Die Stimmung im Auto schwankte zwischen bedrückt und trotzdem. Pierre spürte, dass auch Missis Jö nicht glücklich war mit der Lösung, den Sohn aufs Land zu bringen. Aber sie schwieg.

Dann sprach Medam Jö: »Es gibt eine Möglichkeit, aber es ist ein schwieriger Weg.« Thimie sah zu ihr, wartete, dass sie weiter sprach. »Es ist der Weg des Verzichts, der Liebesweg. Ich bin diesen Weg selbst gegangen, 1604 — ich habe ihn nur mit großer Trauer überstanden. Doch ich bereue ihn nicht.«

»Und? Was muss ich tun?«

»Nichts«, sagte Medam Jö, »er kommt auf dich zu. Diesen Weg entscheiden wir erst, wenn er uns gefunden hat.«

Thimie senkte den Kopf. »Und bis dahin muss ich in den Wald.« Medam Jö antwortete nicht. »Siehst du,

Pierre«, meinte Missis Jö, »so ist das. Da erzieht man und erzieht und was kommt dabei raus?«

Pierre wusste es nicht. Derart grundsätzliche Fragen kamen in seiner Ausbildung zum Pädagogen nicht vor. Und das rote Buch lag in der Küche, auf dem Schrank. Wie war das mit der Gegenwart? Und mit der Wirklichkeit daneben? Pierre erinnerte das Gespräch auf dem Parkett. Er drehte sich zu Thimie, sagte: »Wir hängen zu sehr in der Zukunft, oder?«

Medam Jö legte den Kopf schief, nur ein wenig, es war kaum sichtbar. Es mochte eine Geste der Anerkennung sein. Auch Thimie sah es, meinte: «Und er ist doch der Richtige.«

»Jetzt mal Ruhe«, bestimmte Missis Jö. »Immerhin fahren wir nicht nur wegen Dir zu Robin.« Ihre Stimme war streng. »Und wenn du jetzt weiter so rumnörgelst, besuchen wir Anna!«

Die Drohung wirkte. Thimie schwieg. Pierre war neugierig. »Wer ist Anna?«, fragte er. »Anna Katharina von Hersfeld«, erklärte Missis Jö, »ihr gehört der Wald, in dem Thimie laufen darf, und auch Claire.«

Pierre erinnerte, dass Thimie von einer aussichtslosen Liebe gesprochen hatte. »Claire ist das Reh?«

»Ja, ich hoffe, dass alles in Ordnung ist.« Missis Jös Gesicht zeigte Sorge. Pierre fragte weiter: »Und wieso ist es schlimm, diese Anna zu besuchen?« Von hinten rief Thimie: »Ich musste ein Hemd tragen, mit gestärktem Kragen, und eine Krawatte!«

Pierre verstand. Er drehte sich zu Thimie, sagte: »Das ist wirklich gemein.«

»Aber so ist das«, ergänzte Missis Jö, »so ein Besuch verlangt gehobene Kleidung, da kann es vorkommen, dass man sich hinterher drei Tage lang kratzt.«

»Ich hasse gestärkte Kragen«, beschwerte sich Thimie.

Missis Jö nickte zufrieden. »Und jetzt Ruhe«, befahl sie, »wir sind nah dran und müssen noch rauskriegen, ob wir erst zu Robin fahren oder ob wir gleich nach dem Problem schauen. Damit wir es mal sehen.«

»Also weißt du, wo wir hinmüssen? Also — außer zu Robin?«

»Nein«, sagte Missis Jö, »ich habe eine Ahnung, aber es ist nicht sicher. Das ist das Dumme an Ahnungen, sie machen hauptsächlich nervös. Deswegen brauche ich jetzt alle Augen. Es sind noch ungefähr dreißig Kilometer, wir könnten bereits in der Nähe sein.«

Thimie rutschte wieder hoch, machte sich an die Arbeit, sah aus dem Fenster. Auch Pierre war bereit zu helfen. Er wandte den Kopf, kontrollierte die Landschaft.

»Und wonach suchen wir?«, fragte er.

Missis Jö war genervt. »Ich weiß es nicht!«, presste sie hervor. Sie starrte auf die Straße, es sah aus, als mühe sie sich, eine Erinnerung einzufangen.

»Mutter«, rief sie, »spürst du etwas?«

Medam Jö antwortete nicht. Sie hatte die Augen geschlossen. Es mochte ihre Art sein, bei der Suche zu helfen. »Ich denke, wir sollten die volle Stunde ausprobieren«, entschied Missis Jö, »und dann die kleinere Straße.«

Sie sah zu Pierre, fragte: »Rauchst du?«

Die Frage kam überraschend. Pierre antwortete: »Ich habe damit aufgehört.« Er verbesserte sich. «Nein, es hat mit mir aufgehört. Kein Geld.«

Missis Jö langte zu der Klappe vor dem Beifahrersitz, öffnete sie. »Da sind Zigaretten, steck dir eine an. Oder willst du weiter nicht rauchen? Ich meine, ich rauch auch gern mal die eine oder andere, aber ich vergesse das immer. Da ist es sicherer, wenn du wieder anfängst.«

»Also...«, setzte Pierre an, doch Missis Jö unterbrach ihn: »Pierre, wirklich, ich bin sehr nervös!«

»Ich könnte rauchen«, schlug Thimie vor.

»Eher verkauf ich dich an einen Scheich«, antwortete Missis Jö, »da kannst du dann Bauchtanz lernen.«

»Muss ich dazu was anhaben?«

Pierre seufzte. Er holte die Schachtel mit den Zigaretten heraus. Er hätte sowieso wieder angefangen. Als Referent für Öffentlichkeitsarbeit, wenn das Geld endlich wieder reichte und die auffälligen Sonderbegabten zehrten an den Nerven, mit so was war ja zu rechnen...

Es gab auch ein Feuerzeug, Pierre zündete sich eine Zigarette an. Missis Jö schenkte ihm ein Lächeln. Medam Jö hob die Nase. Sie sog den Rauch ein, meinte: »Ach ja, damals...«

Es war still im Auto. Missis Jö schien sich zu entspannen. Dann fragte sie: »Geht deine Uhr genau?«

»Ich habe keine Uhr.«

Missis Jö gab ein unwilliges Geräusch von sich. »Nun gut, dann eben ohne die volle Stunde. Nur die kleinere Straße«, bestimmte sie, »ab jetzt!«

Die Fahrgemeinschaft nickte. Nur Pierre kam etwas zu spät, schloss sich aber an.

»Das Prinzip lautet, dass wir von einer großen Straße auf eine jeweils kleinere abbiegen, ungefähr dreimal, dann müsste ein schmaler Weg erscheinen, dort halten wir und schauen nach.«

»Aha«, meinte Pierre.

Missis Jö nickte. »Gut, dass du rauchst«, sagte sie. Pierre beließ es dabei, schaute aus dem Fenster. Die kleinere Straße ließ auf sich warten. Eine Kreuzung bot nur gleichgroße Straßen. »Da!« rief Thimie. Missis Jö bog von der Landstraße ab, schon bald folgte eine weitere, schmalere Straße, die in Kurven durch eine kleine Ortschaft führte.

»Hauseinfahrten und Wege in Privatbesitz gelten nicht«, klärte Missis Jö auf. Sie schob den Kopf vor, schaute angestrengt nach vorn. »Noch führt es uns näher zu Robin«, murmelte sie.

Sie verließen die Ortschaft, ein Feldweg führte zu einem Wald. »Also doch!«, knurrte Missis Jö. Es hörte sich nach Entschlossenheit an, und Kampfbereitschaft.

Sie hielt vor dem Wald. »Hier komm ich nicht rein, wir campen.« Missis Jö drehte den Kopf, sah zu Thimie: »Und jetzt kannst du zeigen, wozu du gut bist.«

Pierre spürte, dass es ernst wurde. Missis Jö und Thimie stiegen aus, er folgte. Staunend sah er, dass Thimie sich entkleidete. Es gab keinen Protest. Der Junge winkte noch kurz zu Pierre, dann lief er los, verschwand im Wald.

»Es wird etwas dauern«, sagte Missis Jö, während sie Thimies Kleidung aufsammelte, in den Wagen legte. »Lass uns den Tisch rausholen und die Stühle, aber wir sollten leise sein.« Sie sah sich um. »Wir gehen etwas weiter rein, willst du mit, Mutter?«

Medam Jö schlief. Zumindest hatte es den Anschein. Ihr Kopf lag zurück, der Mund stand offen, sie schnarchte ein wenig. »Also nur zwei Stühle«, folgerte Missis Jö. Sie öffnete die hintere Klappe des Autos, nahm den Korb heraus, klemmte sich einen Stuhl unter den Arm, wortlos nahm Pierre den Tisch, dazu den zweiten Stuhl. Missis Jö ging los und Pierre folgte.

»Wo ist der kleinere Weg?«, murmelte Missis Jö.

Es gab ihn tatsächlich. Es war eine kaum erkennbare Schneise, die zu einer Lichtung führte, mit Himmel darüber, der ersten Abend zeigte. Missis Jö stellte ihren Stuhl auf, drehte ihn mehrmals, um die Richtung zu bestimmen. Pierre baute den Tisch auf, stellte seinen Stuhl daneben, in gleicher Blickrichtung wie Missis Jö. Nun gab es Kaffee aus der Thermoskanne, mit Pappbechern.

»Es ist gut, dass du geraucht hast«, flüsterte Missis Jö, »das verbirgt dich besser.«

Sie setzte sich, Pierre ebenfalls. Nichts geschah. Der Kaffee schmeckte mittelmäßig, aber das war nicht anders zu erwarten. Immer wieder wandte Missis Jö den Kopf, lauschte. »Wir sind richtig«, sagte sie leise, »nur wenn es zu lange dauert, sollten wir vielleicht später noch einmal wieder kommen.«

Pierre hörte ein Geräusch. Auch Missis Jö hatte es gehört. Leise begann sie zu summen. Es war nichts zu sehen. Kurz unterbrach Missis Jö, forderte Pierre auf: »Du musst auch summen, egal was. Dann erinnert es sich besser, dann weiß es, dass wir hier sind und kann sich entscheiden.«

Sie summte weiter. Pierre stimmte ein.

Dann sah er es. Ein Reh lugte aus dem Gebüsch, nun trat es vor, schaute zu Pierre und Missis Jö.

»Hallo Claire«, sagte Missis Jö mit leiser Stimme.

Das Reh sprang auf, rannte fort. Kurz sah Pierre einen Schatten, doch er konnte nicht erkennen, was es war. »Keine Angst«, flüsterte Missis Jö, »sie spielen nur miteinander. Sie haben sich lange nicht mehr gesehen.«

Pierre überlegte, ob er durchdrehte? Der Schatten tauchte wieder auf, er war kleiner als das Reh, es mochte ein Hund sein oder... Das war unmöglich. Pierres Gehirn schlug einen Salto. Thimie...? Der andere Thimie, der aus der zweiten Wirklichkeit? War es doch alles... Nicht verrückt? Die Welt der Missis Jö, in die es ihn verschlagen hatte... Sie war echt?

Das Reh zeigte sich wieder, kam näher. Der Schatten war nicht zu sehen. Pierre hielt den Atem an. Es war alles so unglaubhaft, so...

Wunderschön.

Der Wald, die Lichtung mit Himmel, den erste Abendwolken bedeckten, das Reh, das keine Angst zu haben schien, das...

Ein Knall schreckte Pierre auf. Aus einem Baum in der Nähe spritzte Holz. Das Reh sprang herum, floh. Missis Jö jagte aus ihrem Sitz hoch, schrie: »Nicht, Thimie, zurück!« Sie rannte los, in die Richtung, aus der der Schuss gefallen war, Pierre rannte hinterher. »Welcher Idiot knallt hier im Wald herum?«, rief Missis Jö.

Nun sah Pierre einen Mann, er schaute erstaunt zu ihnen, hatte ein Gewehr in der Hand, hinter ihm tauchten zwei weitere Männer auf, jünger.

Missis Jö rannte auf den Mann zu, bremste kurz vor ihm, blaffte ihn an: »Wer zur Hölle bist du?«

»Und wer sind Sie?«

Pierre schloss auf, mühte sich nicht zu sehr zu keuchen. Der Mann sah zu ihm, maß ihn ab. Pierres Größe wirkte.

»Du«, schrie Missis Jö, »für dich immer noch du!« Der Mann schien irritiert. »Oder möchtest du respektvoll sein?« Sie stemmte die Arme in die Hüften, Verachtung klang aus ihren Worten. »Wenn schon blöde«, schimpfte sie, »dann aber richtig.«

»Ich glaub, ich muss mich hier nicht anmachen lassen.«

»Möchtest du mal eine kleine Frau schlagen? Ja...? Möchtest du?« Missis Jö drehte den Kopf, sah zu Pierre, sagte: »Greif nicht ein, erst hinterher.«

Pierre war überfordert. Aber er hielt sich tapfer. Er mühte sich, nach dem auszusehen, was er sein könnte, wenn er es wäre — ein Gigant mit einem Abschluss in Kampfkunst, geschult in innerer wie äußerer Verteidigung, für den Fall von Sonderbegegnungen.

»Was wollen Sie eigentlich?«

Missis Jö gab keine Antwort. Sie legte den Kopf schief, auf eine Art, die Pierre noch nicht gesehen hatte. Es gab also Variationen, stellte er fest, diese war eine gefährliche.

»He, Thom«, meldete sich einer der jüngeren Männer, »lass die Alte in Ruhe. Lass uns abhauen.«

»Und? Wo finde ich euch?«, wandte sich Missis Jö an den Jüngeren. Sie zischte es mehr als dass sie es sagte.

Der Mann, der Thom hieß, sagte: »Die ist doch völlig durchgeknallt.« Er gab den anderen ein Zeichen mit dem Kopf, forderte sie zum Gehen auf. Nun hörte Pierre ein Knurren, es kam aus dem Gebüsch, auch die Männer hörten es.

»Nein, ruhig!«, befahl Missis Jö. Die Männer sahen sich an. »Was ist hier los?« fragte einer.

Im Gebüsch knackte es. Pierre entschied sich, mitzuspielen. »Bleib!«, rief er. Er wandte sich an Missis Jö, sagte: »Kommen Sie«, als sei sie eine ferne Bekannte, der man mit Respekt zu begegnen hat, »es lohnt nicht.«

»Wenn ich euch noch einmal erwische, wenn ich hier Kaffee trinke...« Missis Jö unterbrach. »Das ist der Wald der Frau von Hersfeld, oder? Habt ihr eine Erlaubnis, hier rumzuknallen?«

Sie erhielt keine Antwort. Die Männer verschwanden. Einer tippte sich noch an den Kopf, aber es sah nicht so aus, als meinte er sich selbst. Missis Jö sah den Männern nach, bereit, ihnen noch einige Blitze hinterher zu schicken, oder einen Impotenzfluch, der die Generationen trifft.

»Ja, Pierre«, sagte sie, »darum sind wir hier. Und es war wirklich gut, dass wir heute gefahren sind.«

* * *

Robin

Die Tandervilles sprachen nur gebrochen Deutsch. Sie bewirtschafteten den Hof der Jös, ein altes Landhaus auf einer Anhöhe mit einem zur Wohnung ausgebauten Stall und einer angrenzenden Wiese. Dort stand Robins Wagen, unter einer Kastanie mit weiten, ausladenden Zweigen, ein Kasten auf Rädern, mit einem Anhänger, so hoch wie der Wagen, nur kürzer. Wagen und Anhänger waren weiß gestrichen, hinter kleinen Fenstern lugten rote Gardinen, aus dem Dach ragte ein hoher, schwarzer Schornstein, und allem voran grasten zwei weiße Holzpferde, bereit den Wagen in die Welt zu ziehen, demnächst...

Frau Tanderville lief den Besuchern entgegen. »Ich fräue so«, rief sie, eine korpulente Frau mit rot glänzenden Wangen und einem reichen Busen, der sich beim Laufen mitfreute. Ihr folgte Herr Tanderville, beinahe ebenso eilig, nicht weniger korpulent, mit etwas mehr Bauch als seine Frau, aber es war eindeutig ein Kraftbauch, von guter Arbeit versorgt und gestählt. Eine Schar Kinder sammelte sich um Missis Jös Auto, vorrangig ebenfalls Tandervilles mit roten Wangen und Neigung zur Breite, nur gab es auch einen schmalen Jungen mit dunkler Haut und ein kleines Mädchen im verschmutzten Dirndl, eher japanisch.

»Das will aber Zeit«, behauptete Frau Tanderville, stemmte die Arme in die Hüften, holte sie wieder hervor und begann ihre Umarmungen. Auch Pierre bekam eine ab, ob man sich nun kannte oder nicht, nur Medam Jö bekam einen Handkuss ins Auto und eine Verbeugung davor, wobei die Bemühungen der Frau Tanderville, sich würdig zu verneigen, danach aussahen, als würde sie die falschen Filme gucken.

Es war ein herzlicher Empfang. Nach Frau Tanderville musste Pierre noch Herrn Tanderville umarmen, er roch nach Tabak und Tier, dann kamen die Kinder dran, die wie aufgescheuchte Hühner von einem Besucher zum anderen liefen und dabei acht gaben, dass sie nicht übersehen wurden.

Ein Mann stand in einiger Entfernung auf halbem Weg zum Haus, nahm nicht an der Begrüßung teil, wartete. Er trug einen schwarzen, ausgeblichenen Anzug, darunter ein weißes Hemd, weiße Schuhe an den Füßen, und auch sein Gesicht war weiß geschminkt, mit rotem Mund und zwei schwarzen Tränen unter den Augen.

Missis Jö löste sich aus dem Gewirr der Tandervilles, langsam ging sie auf den Mann zu, nun bewegte auch er sich, ging ihr entgegen, ohne Eile. Pierre mühte sich, das Alter zu schätzen, doch scheiterte an der Schminke im Gesicht des Mannes. Er mochte dreißig sein, oder älter, er war schlank, seine Bewegungen waren geschmeidig, er strahlte eine große Ruhe aus.

»Hallo«, sagte Missis Jö. Der Mann lächelte. »Also muss erst etwas passieren, damit ich dumme Frau mal wieder nach meinem Mann schaue?« Sie erhielt keine Antwort, der Mann öffnete die Arme, Missis Jö trat zu ihm, lehnte sich an, dann hob sie den Kopf, ihre Gesichter trafen sich, etwas Schminke wechselte zu Missis Jö, bemalte sie.

Thimie störte. Er grinste, nahm Anlauf, sprang auf die beiden drauf, klammerte sich an das Paar, nun fielen sie zu dritt ins Gras, lachten.

»Ich würde mich freuen, dieses Auto verlassen zu dürfen«, sagte Medam Jö, »ich denke, ich habe genügend Zeit darin verbracht.« Sie hob fordernd die Arme, Pierre gehorchte, die Tandervilles wussten Bescheid, holten den Rollstuhl aus dem Auto. Medam Jö wurde abgesetzt, bekam ihre Zebradecke und einen Gehstock mit schlichtem Silberknauf, sie wies zum Haus und meinte: »Da lang.«

Herr Tanderville löste Pierre ab. »Ich machen Medam Jö«, sagte er. Die alte Dame war einverstanden. Robin löste sich von Missis Jö und Thimie, er stand auf, klopfte die Kleidung ab. Er ging zu Medam Jö, Herr Tanderville hielt den Rollstuhl an.

»Hallo, Medam Jö«, sagte Robin.

Er bekam ein anerkennendes Nicken. »Drei Worte, es geht also«, stellte Medam Jö fest, »ich denke, ich bin für diese Woche zufrieden.«

Herr Tanderville schob los. Frau Tanderville bewachte das Ausladen, jedes Kind bekam ein Gepäckstück zum Tragen, nur das japanische Mädchen ging leer aus und wollte weinen. Doch Frau Tanderville wusste Bescheid, öffnete kurzerhand die Fahrertür und nun wurde auch Missis Jös Vogel ins Haus gebracht.

Kurze Zeit später saß man gemeinsam an einem riesigen Tisch in einem schmucklosen Zimmer mit Kamin, es gab Nudeln und Fleischsoße, jedes Kind wollte neben Thimie sitzen, ein Mädchen starrte unnachgiebig auf Pierres Bart und er mühte sich, nicht mit der Soße zu kleckern.

Ein Gewirr Stimmen tönte über den Tisch. Robin nahm mit Händen und Füßen teil, und gelang es nicht ohne Aufstehen, verließ er den Tisch, redete auf seine Art mit. Die Tandervilles hielten die Kinder in Schach, wollte eines aus Übermut dem Beispiel Robins folgen, genügte ein strenger Blick von Herrn Tanderville oder ein kurzes »Lass du« der Mutter.

Die Kinder kannten es, der Besuch war eine Gelegenheit, noch einmal auszuprobieren, ob es nicht doch erlaubt sei, nach Robins Weise mitzukaspern, sie erfuhren das Gegenteil und fügten sich, auch wenn es viel schöner gewesen wäre, nicht nur den Mund, sondern alles zu benutzen, was es gab und was zu reden vermochte.

Das Essen wurde abgeräumt. Thimie bat um eine halbe Stunde, um die Gegend zu erkunden, sie wurde ihm verweigert. Statt dessen musste er mit den Kindern spielen, er gab Pierre einen leidenden Blick, sagte: »Das ist meine Zukunft«, und gehorchte.

»Komm, Pierre«, sagte Missis Jö, »du wirst es mögen.«

Sie nahm Robin an die Hand, gemeinsam zogen die drei vor die Tür, hin zu Robins Wagen. Robin öffnete die Tür, machte eine galante Verbeugung. Missis Jö stieg ein und Pierre folgte.

Es war eine kleine Zauberwelt, die sich seinen Augen zeigte, mit rotem Samtsofa, einem Tisch mit verrutschter Spitzendecke, einem Ofen, der wohl auch als Herd diente, er besaß einen Topf als Hut. Weiter hinten stand ein Bett quer und den Abschluss bot eine Stange mit dicht gedrängten Kleidern, wie sie bunter und rauschender nicht sein konnten.

»Eine Toilette mit Dusche gibt es auch«, strahlte Missis Jö, »beides im Anhänger, für unterwegs.«

Pierre näherte sich den Kleidern. Sie zogen ihn magisch an. Die Tür des Wagens stand offen, Wind bewegte die Kleider.

Der Traum — der Drogenlolly-Traum...

Als Pierre schwebte, von Menschen umdrängt, ein Toter, aufgebahrt in der Luft... Er trug ein Kleid aus leichtem, weißem Stoff, eine Art Leichenhemd mit langen, weiten Ärmeln, die er zuvor benutzt hatte, als Hilfe zum Flattern...

Pierre stieg auf das Bett, ohne Rücksicht auf Manieren, zog ein Gewand hervor. Es besaß die Ärmel seines Traums, angespitzte Glockenärmel, deren Enden mit der Länge des Kleides mithielten. Goldene Stickereien besetzten den Saum, wiederholten sich am Ausschnitt und am Boden des Kleides. Es gab keine Knöpfe, es war ein Kleid zum Hineinsteigen.

»Darin bin ich gestorben«, stammelte Pierre.

»Das ist prima«, sagte Missis Jö, »dann zieh doch mal an.«

Pierre kehrte zurück in die Wirklichkeit. »Nein«, sagte er. Er bemerkte, dass er auf Robins Bett stand. »Oh, verdammt«, murmelte er, stieg herunter, sah zu Robin: »Es tut mir leid, ich... Ich bin sonst nicht so.«

Robin legte den Kopf schief. »Er sagt, dass er dich mag«, übersetzte Missis Jö.

»Ja«, antwortete Pierre, mit den Gedanken weit fort, »dann weiß er vielleicht auch, wer ich bin.«

»Mein Referent«, freute sich Missis Jö. Sie wies hinter Pierre. »Schau noch mal, es gibt auch eine Hose für darunter und einen Umhang. Es ist ein Gelabea, aber der Umhang ist so zwischen osmanisch und noch was, wir haben ein bisschen variiert.«

»Gelabea?« sprach Pierre nach.

»Ja, für Männer.«

»Ich sollte nicht noch einmal auf das Bett steigen«, sagte Pierre. Es wäre nötig gewesen, auch den Umhang aus den Kleidern herauszuziehen. Allerdings ebenso, um das Gewand zurückzuhängen...

»Leg einfach hin«, sagte Missis Jö, »am besten auf das Sofa, wer weiß, ob wir das Bett noch brauchen.« Sie zwinkerte zu Robin, er schob den Kopf vor, Missis Jö stieg auf die Zehenspitzen und er bekam einen Kuss. »Sag, Pierre, ob du uns etwas Zeit geben würdest? Wir haben uns länger nicht gesehen. Und ich bin nicht mein Sohn.«

»Ja, natürlich.«

Pierre sammelte Rot in seinem Gesicht, legte das Kleid auf dem Sofa ab. Er schob sich an Robin und Missis Jö vorbei, verließ den Wagen, stand in der Abendluft, hinter ihm schloss sich die Tür.

»Ich will mein Leben zurück«, murmelte Pierre. Dann zögerte er, sagte: »Nein, ich will es nicht zurück, ich will es nach vorn.« Er ging zum Haus. Er hörte Lachen hinter den Fenstern, Thimies Lachen war dabei.

Pierre setzte sich auf eine Bank vor dem Haus. »Eine Täuschung«, murmelte er, »eine nachträgliche Verbindung von Traum und Kleid, eine Art Déjà vu.« Er nickte sich zu, stellte fest, dass ihm das Gewand sowieso nicht gepasst hätte, es war für eine Normalgröße zugeschnitten. Außerdem würde es ihm im Traum nicht einfallen, so etwas anzuziehen.

Nun gut... Pierre seufzte. Er hatte es angezogen, im Traum. Aber das weiß man ja von so einem Innenleben, dass es eigenwillig ist und Gegenwehr braucht, so entsteht Kultur.

Nur wer will das?

Seine Gedanken wurden ruhiger, ein weiterer Seufzer half. »War ich eigentlich schon immer verrückt, und jetzt geht es los?«, fragte er sich. Die Antwort blieb aus, er probierte es mit einer weiteren Frage: »Und was ist, wenn ich die Bremse nicht finde?«

Wieder lachte es aus dem Haus. Pierre lehnte sich zurück, schloss die Augen, verlor sich in Überlegungen, deren Gestalt keine Lust mehr hatte auf vollständige Sätze. Die Zeit hielt an, schaute sich um, flatterte hoch und schwebte in der Luft. Nach einer geschätzten Stunde entschied sie sich weiter zu laufen. Missis Jö und Robin traten aus dem Wagen, Frau Tanderville sah nach Pierre, fragte:

»Trinken was?«

Wenig später sammelten sich die Tandervilles, die Jös und Pierre vor dem Kamin im Esszimmer, einige saßen auf dem Boden, andere in alten Sesseln oder auf Stühlen, es gab heißen Wein und für die Kinder Brause.

Medam Jö hockte in ihrem Rollstuhl und erzählte die Geschichte eines traurigen Mannes, der einen Esel liebte, der nicht gehorchen wollte.

Dann wurden die Kinder ins Bett gebracht, erst die Kleinen, die sowieso schon zu lange wach bleiben durften, dann die Mittelgroßen, für die es längst Zeit war, und schließlich fügten sich die Ältesten, aber nur unter Protest, immerhin war einer schon beinahe so alt wie Thimie und der andere demnächst. Frau Tanderville verschwand mit den Kindern, Herr Tanderville überprüfte das Feuer im Kamin und schloss sich an.

»So«, meinte Missis Jö zu Robin, »jetzt erzähl mal. Was ist hier los?«

Robin stand auf, zog die Schultern hoch, ließ sie wieder fallen, dann aber grinste er, griff nach einem imaginären Gewehr, sah sich suchend um, wurde zu einem huschenden Tier, das sich ängstlich hinter Bäumen versteckte. Er wechselte den Standort, packte Koffer, bemerkte es und schloss eine Tür auf, aber eine andere Person wollte nicht hineingehen. Er hockte sich hin und weinte, dann sah er fragend zu Missis Jö, griff nach einem Telefon.

»Ja«, murmelte Missis Jö, »und hier sind wir.«

Robin hob die Hände, bat um Aufmerksamkeit. Nun gab er sich hochherrschaftlich und trank Kaffee, es mochte auch etwas anderes sein, er stand auf, servierte sich ein Essen. »Anna Katharina von Hersfeld«, löste Medam Jö auf, verriet Ungeduld: »Die Charade kann weiter gehen.«

Robin sah auf sein Handgelenk. Nun wirbelte er mit dem Finger über dem Zifferblatt seiner nicht vorhandenen Uhr, wirbelte gegen den Uhrzeigersinn — Pierre vermutete, dass er die Zeit zurück drehte. Die Vergangenheit war erreicht, Robin kauerte sich auf den Boden, breitete die Beine auseinander, hatte Schmerzen. Dann griff er zwischen seine Beine, hob ein Baby hoch, herzte es. Missis Jö staunte: »Robin! Du willst doch nicht sagen...?«

Wieder schaute Robin auf sein Handgelenk, wirbelte die Zeit vorwärts, er schlich umher, mit angelegtem Gewehr.

»Der Kerl ist der Sohn der Hersfeld? Dieser Thom... Bist du sicher? Warum weiß man davon nichts?«

Robin saß in einem Zug, es mochte auch ein Bus sein. Er reiste an, mit Koffer, sah hinter sich, setzte sich an einen Tisch, las und schrieb. »Aha«, verstand Missis Jö,

»er war im Internat.« Robin nickte. »Aber trotzdem, das hätte man doch mit gekriegt! Der ist doch nicht im Internat geboren.« Sie sah zu Medam Jö. »Aber jetzt wird mir klar, warum die Hersfeld wegguckt, wenn der in ihrem Wald...« Sie unterbrach, sah wieder zu Robin. »Wer ist der Vater?«

Robin hob die Hände, bat um Geduld. »Nun mach es nicht so spannend«, ärgerte sich Missis Jö. Robin wog den Kopf, als suche er eine Entscheidung. »Ich besorge mir einen anderen Freund«, drohte Missis Jö, »einen, der redet.«

Thimie stellte sich neben Pierre, stieß ihn an. »Sexualität«, sagte er, »Zeugung und so.« Er erhielt einen unwilligen Blick von Missis Jö, berief sich auf seine Unschuld: »Ich habe damit nichts zu tun.« Er sah zu Pierre: »Oder sollte ich?«

Pierre gab keine Antwort. Ihm fiel keine passende ein. Aus dem Hintergrund fragte Medam Jö: »Was ist? Wohnt der junge Mann bei seiner Mutter?«

Robin ging auf alle viere, brüllte, schüttelte die Mähne. »Im Löwen?«, verstand Missis Jö. Sie forschte nach: »Aber woher weißt du, dass der Kerl der Sohn der Hersfeld ist?« Robin grinste, hielt die Hand ans Ohr und lauschte, dann legte er sich die Finger gekreuzt vor den Mund. »Ja«, sagte Missis Jö, »wer nicht redet, erfährt mehr.«

Erneut wog Robin ein Kind in seinen Armen, dann stellte er sich aufreizend hin, wurde unzufrieden, weil niemand kam, nahm Eimer und Putzlappen, säuberte den Boden, schlich zur Seite und zählte Geld.

»Die Luzie von den Kretschmers. Sie hat den Jungen aufgezogen? Na ja... Ist der Ruf dahin, hat man mehr Möglichkeiten.« Missis Jö schüttelte den Kopf. »Da stimmt was nicht«, behauptete sie, »wieso wohnt er im Löwen?«

Medam Jö wurde ungeduldig. »Nimm Worte«, brummte sie. Thimie sog an einer nicht vorhandenen

Pfeife. »Die Frage ist, wer die Sexualität verursacht hat«, meinte er. Wieder erhielt er einen unwilligen Blick, wurde unsicher: »Oder es war der Storch«, wandte er ein.

Nun besaß Missis Jö eine imaginäre Pistole. Sie erschoss ihren Sohn. Thimie fiel gehorsam um, Missis Jö blies den Rauch von ihrer Pistole. »Und was ist mit dem Aufseher, dem Hohlmann?«, fragte sie. »Er hat versprochen, auf Claire aufzupassen.«

Medam Jö wollte wissen: »Gibt es eine Eintragung, ist der Junge gemeldet?« Thimie hob den sterbend den Kopf, ächzte: »Liebt die Mutter ihren Sohn?«

Robin war überfordert.

Er zeigte ein angstvolles Gesicht, hob beide Hände, wehrte die Salve der Fragen ab, dann sah er zu Missis Jö, deutete an, dass er nun ihre Frage beantworten würde, setzte sich hin, prostete und trank, schaute befremdet in die Welt, trank erneut...

»Also ist es schlimmer geworden mit seinem Saufen«, sorgte sich Missis Jö, »man müsste überall ständig in der Nähe sein, es ist...« Sie unterbrach, fragte: »Hat der Flegel das Gewehr von ihm?«

Robin sah zu Medam Jö, zeigte an, dass er die Antwort zu ihrer Frage nicht wusste, er erwiderte Missis Jös Frage mit einem Heben der Schultern, er verzweifelte, weil er nicht mehr hinterher kam, stand auf, verbeugte sich, schlug einen Trommelwirbel.

»Was denn jetzt noch?«, stöhnte Missis Jö.

Robin lief einen Kreis, war weiblich, ließ sich auf die Knie nieder, aste, stand auf, lief zu einer zweiten Person, die sich mit großen Schritten näherte, die Arme öffnete, nun spielte er eine Umarmung, wobei das Gewehr störte...

»Was?« Missis Jö bekam große Augen. »Das ist doch nicht wahr! Claire und dieser... Flegel? Haben die Leute alle zu viel Fernsehen geguckt? Eine Liebesgeschichte – Reh liebt Jäger? Eine dramatische Romanze für pubertierende Erwachsene... Ich fasse es nicht!«

»Und hier willst du mich zurücklassen«, stellte Thimie fest, »zwecks moralischer Besserung, oder?«

»Du hältst dich raus«, bestimmte Missis Jö. »Du hast noch drei Monate Minderjährigkeitshaft, vergiss das nicht.«

Medam Jö sprach. »Ich frage mich, warum Anna die Geburt nicht bekannt gegeben hat.« Missis Jö nickte ihr grimmig zu. »Da haben wir Einiges aufzuräumen.«

Robin bat um Aufmerksamkeit. Er zog einen Stuhl heran, setzte sich, wurde zum rodinschen Denker. Er hob den Kopf, schnupperte. »Es liegt was in der Luft«, übersetzte Missis Jö. Wieder gab sich Robin hochherrschaftlich, trank Kaffee oder was anderes, seine Miene verfinsterte sich, wechselte zwischen Trauer und Wut. Er stand auf, schwenkte eine Fahne.

»Ein Feldzug?«, riet Missis Jö.

Robin wies auf sein Auge, dann auf das andere. »Ein Rachefeldzug?« Robin zog die Schultern an, zeigte die offenen Handflächen.

»Eine Vermutung, ja.«

Wieder ein Trommelwirbel. Robin trat zurück, legte die Hände aneinander, schritt vor, lächelte mild, segnete die Gemeinde.

»Unmöglich«, keuchte Missis Jö. »Du willst doch nicht sagen...?«

Robin lächelte. »Der Hochstein, unser Dorfheiliger?« Sie erhielt ein Nicken. Wieder hielt Robin ein Kind in seinen Armen.

»Der Priester ist Thoms Vater?«

»Sexualität«, sagte Thimie, »wohin man auch guckt.«

* * *

Der singende Frosch

Pierre saß auf der Bank vor dem Haus und schaute in die Nacht. Missis Jö hatte eine nicht vorhandene Klingel ergriffen und eine Pause eingeläutet. Sie gab den Zeitraum einer guten Stunde an, die Versammlung löste sich auf, Frau Tanderville kümmerte sich um heiße Suppe, weil es sein könnte, dass es noch dauern würde, bis es erlaubt sei zu Bett zu gehen.

Am Himmel stand ein weicher, beinahe runder Mond. Sterne glitzerten und Pierre führte seine Gedanken spazieren. Thimie kam, balancierte in jeder Hand einen Teller, gemeinsam saßen sie und löffelten. Der Junge sprach kein Wort, nur ab und zu schaute er zu Pierre, nickte zufrieden, dann aß er weiter und schwieg.

Pierre vermutete, dass Pantomime ansteckend sei.

Die Suppe schmeckte köstlich, artig brachte Thimie die Teller zurück und Pierre war beeindruckt. Er seufzte wohlig, wünschte die Zeit anzuhalten, und für eine weitere geschätzte Viertelstunde gelang es auch. Dann kam Thimie zurück, deutete mit dem Finger auf sein Handgelenk – es sollte weiter gehen.

Er folgte Thimie zurück in das Esszimmer.

Missis Jö wartete bereits, Herr Tanderville kümmerte sich um den Kamin, legte Holz nach. In einer Zimmerecke stand Robin auf dem Kopf und entspannte sich. Medam Jö lehnte in ihrem Rollstuhl, mit halb offenem Mund, sandte Schnarchgeräusche in die Welt, ab und zu unterbrochen von heftigen Schnaufern.

Erneut wackelte Missis Jö mit der nicht vorhandenen Klingel. Robin kehrte mit den Füßen zurück zur Erde, Herr Tanderville schlich aus dem Zimmer, nur Medam Jö hörte die Klingel nicht, schlief weiter.

»Mutter«, fragte Missis Jö, »was schlägst du vor?«

Von einem Moment zum anderen richtete sich Medam Jö auf, öffnete die Augen, schaute in die Runde und begann mit der Theorie. »Wenn wir dem Jen Jarai folgen«, sagte sie, »dann müssen wir den Kreis schließen. Allerdings ist es eine Frage der Wahrnehmung. Das Trügerische unterscheidet sich erst, wenn wir es in seiner letzten Form, der Offenbarung, erreicht haben.«

Pierre räusperte sich. »Jen Jarai?«

Es mochte sein, dass er wieder keine Antwort erhielt, aber es war eine gute Gelegenheit, noch einmal nachzufragen. Medam Jö sah ihn an, lächelte mild: »Die Lehre des Kreises, Herr Pierre. Manche behaupten, es sei die Lehre der Stockschläge, aber das ist nur eine Folge.«

Sie gönnte Pierre eine kurze Unterweisung: »Im Grundsätzlichen geht das Jen Jarai davon aus, dass der Gedanke der Entwicklung nicht dem Modell der Spirale folgt, bei der aus etwas Geringerem etwas Höheres entsteht, sondern dass unser Leben eine Reise zu seinen Anfängen bedeutet.«

Sie wartete. Pierre sagte: »Aha«, und verdaute. »Wir sind, was wir sind«, fügte Medam Jö noch hinzu, »aber wir können versäumen, es zu werden.«

Die alte Dame war zufrieden. Sie fuhr ihren Rollstuhl vor, lenkte ihn in eine Kurve, knipste einen Schalter an, schaute nach den Rädern, überprüfte ihren Sitz, dann zog sie an einem Hebel, der Rollstuhl drehte im Kreis.

Thimie flüsterte: »Jetzt denkt sie nach.«

Staunend schaute Pierre auf das Karussell, das sich ihm bot. Der Rollstuhl nahm Geschwindigkeit auf, drehte sich, wurde schneller, wirbelte herum. Die alte Dame saß aufrecht darin, mit einem Lächeln auf den Lippen. Sie hob die Hand, kümmerte sich um ihre Frisur, es war mehr eine Geste als eine notwendige Handlung. Ihre Haare scherten sich nicht um den Wind der schnellen Fahrt, Pierre vermutete eine Ladung Haarspray, die Medam Jö aufgetragen hatte — in dem Wissen, dass sie demnächst nachdenken würde.

Endlich stoppte der Rollstuhl. »Wir werden uns aufteilen«, bestimmte Medam Jö. Es sah nicht danach aus, als sei ihr schwindelig geworden. »Wir werden Anna Katharina besuchen, im Weiteren müssen wir Claire finden.«

Sie sah zu Thimie: »Das ist deine Aufgabe.« Thimie freute sich, knöpfte sein Hemd auf. Ein Blick genügte, Thimie zog den Kopf ein, beließ es bei halboffen. »Jetzt noch nicht«, knurrte Medam Jö. Sie überlegte, führte erneut die Hand zur Armatur ihres Rollstuhls, doch es brauchte keine weitere Karussellfahrt. »Junge Menschen wissen oft nicht, mit welchen Gewalten sie spielen. Wir sollten es ihnen zeigen.«

Sie sah zu Robin. »Du hast doch Theaterblut in deinem Wagen?«, fragte sie. Robin griff sich an die Brust, starrte mit Entsetzen auf seine Hand, er bekam große Augen und starb. Medam Jö stellte fest: »Ich nehme an, das bedeutet ein ›Ja‹. Sie sah zu Missis Jö. »Brennt nicht der Tanderville diesen hervorragenden Kirschschnaps? Und haben wir noch die Zauberflasche?«

Sie erhielt ein Strahlen zur Antwort, Missis Jö schien zu verstehen. Nun war Pierre dran. »Und Sie übernehmen den Aufruhr. Es wird sowieso Zeit. Menschen sind nach heftigen Auseinandersetzungen eher bereit, ihr Gehirn einzuschalten. Wobei zumeist eine Niederlage von Bedeutung ist, leider.«

»Mir fehlt im Moment der Durchblick«, bekannte Pierre. Er hätte auch sagen können, dass ihm das Orakel nicht gefiel, weder der Teil mit dem Aufruhr noch der mit der Niederlage.

Medam Jö sah ihn an. Es war ein durchdringender Blick, Pierre mühte sich standzuhalten. Schließlich nickte die alte Dame. »Ja, Sie haben recht. Es geht nicht um das Hirn, es geht um das Herz. Herr Pierre, Sie werden lernen müssen zu fliegen.«

»Ha!«, meinte Missis Jö: »So hat alles seinen Sinn!« Auch Thimie freute sich. »Das ist gut. Wenn du fliegen kannst, nimmst du mich mal mit? Darf ich auf dir reiten?«

»Thimie, bitte!«, mahnte Missis Jö: »Ich mag es nicht, wenn du zweideutig wirst.« Der Junge zog die Stirn kraus, überprüfte seine Worte.

»Hä?« meinte er.

Missis Jö war längst woanders. Sie sah zu Robin. »Ich habe dich noch gar nicht gefragt, ob wir das Gewand haben dürfen? Ich möchte daran rumschneidern. Brauchst du es noch?«

Robin hob die Hand, reckte den Daumen zum Himmel, worauf Missis Jö verliebt zu ihm schaute, einen Seufzer losließ und feststellte: »Ich weiß schon, warum du der Richtige bist.« Sie ging zu ihrem Mann, schmiegte sich an, drehte den Kopf zu Pierre und mahnte: »Wenn du je so weit bist, nimm einen mit Körper. Das Reden ist so selten wichtig.«

Medam Jö befand: »Es ist alles gesagt.«

Thimie sprang vor, öffnete die Tür. Sie nickte in die Runde und erklärte: »Ich ziehe mich zurück und wünsche nicht gestört zu werden.« Thimie griente. »Und wenn die Welt untergeht?« fragte er und Medam Jö brummte: »Das kann ich mir ja hinterher ansehen.«

Sie fuhr zu Bett. Thimie rief: »Ich komme gleich!«, dann sah er zu Pierre und fragte: »Oder liest du mir noch was vor?« Er schob seiner Frage ein eifriges Nicken hinterher, als Vorschlag für die bestmögliche Antwort. »Ich könnte dir auch das Morsen beibringen«, bot er an.

Missis Jö entlastete Pierre mit einem Seufzer. »Er ist immer so lebhaft«, entschuldigte sie den Jungen, und fügte an: »Wir haben schon überlegt, ob wir ihn ausstopfen lassen, immerhin sieht er gut aus und es wäre ansonsten schade.«

Sie erhielt einen trotzigen Blick, gab ein Lächeln zurück, stand auf und wechselte vom Stuhl in einen breiten, bequemen Sessel neben dem Kamin: »Ach, Pierre, würdest du noch eine Zigarette für mich rauchen?« Sie zog einen Hocker heran, legte die Füße darauf.

Pierre stellte fest, dass er nur eine Person sei und sich nicht teilen könne. Er sah zum Kamin mit Sesselgruppe, stellte sich vor, den Abend noch bei einer Zigarette ausklingen zu lassen und fand, dass es eine gute Idee sei. Er sah zu Thimie, der ihn breit anlachte, den Kopf schräg legte und fragte: »Gehen wir zu mir oder zu dir?«

»Stress...«, murmelte Pierre.

Thimie erlöste ihn. Er sah zu Missis Jö, behauptete: »Du besetzt ihn«, dann schaute er zu Pierre: »Aber wenn dir meine Mutter wichtiger ist...« Er zog die Schultern an, ließ sie fallen, dann ging er zu Pierre, gab ihm einen Gute-Nacht-Kuss auf die Stirn und verschwand.

Missis Jö beruhigte Pierre. »Er ist alt genug, er kann schon selber lesen.« Pierre nickte ihr dankbar zu, stand auf, Missis Jö hielt die Schlüssel für das Auto in die Luft und Pierre ging, um die Zigaretten zu holen.

Dann saßen Missis Jö, Robin und er noch eine Zeit im Esszimmer, schauten in das Feuer des Kamins. Robin legte Holz nach, Pierre rauchte und fragte sich, wie es wohl wäre, wenn Thimie ein anderer sein würde, und er, Pierre, ebenfalls.

Und Missis Jö erzählte.

Sie klärte Pierre auf, dass es zur Frau von Hersfeld eine freundschaftliche Beziehung gäbe, aber sie sei durchwachsen, seit die Jös einem Ast des Stammbaums derer von Hersfeld mit Hilfe der Expertise eines niederländischen Prinzen noch einen Zweig hinzugefügt hatten, der allerdings in einem Bordell endete. Es sollte ein Geschenk zum Namenstag werden und niemand habe erwartet, dass der Zweig derart dubios war. So kam es dazu, dass Frau von Hersfeld und die Jös sich nicht mehr mit dem Vornamen anredeten.

Missis Jö lächelte, sie schien zufrieden, nun erzählte sie, wie sie die Tandervilles kennen gelernt hatte — es war beinahe eine Weihnachtsgeschichte. Medam Jö hatte einen Mann und eine Frau bei sich aufgenommen, die Frau war schwanger und der Mann sehr tüchtig, er hatte den Stall ausgebaut, und wer hatte auch damit rechnen können, dass Frau Tanderville so fruchtbar war? Doch das Anwesen der Jös bot genügend Platz, auch hatte Missis Jö vor, in die Stadt zu ziehen, Medam Jö wollte mitkommen, und so wussten sie, dass das Anwesen gut versorgt war.

Pierre hörte zu, dann und wann flogen seine Gedanken fort, kehrten zurück, und als Missis Jö aufhörte zu reden, in das Feuer schaute und ihren Erinnerungen folgte, ohne sie mitzuteilen, fragte er nach:

»Du bist hier aufgewachsen?«

»Ja«, antwortete Missis Jö, »das war alles hier.« Sie sah zu Robin, der neben ihrem Sessel auf dem Boden hockte, streichelte seine Haare, sagte: »Hier hat es angefangen. Es war wirklich nicht einfach.« Sie gönnte sich etwas Poesie, fügte an, mit verwehter Stimme: »Wenn du auf einmal merkst, dass die Luft redet, dass die Welt über Hinterzimmer verfügt, und dass sich ihre Türen öffnen, nicht wenn du es verlangst, nein – wenn ihnen danach ist...«

Sie schwieg, das Feuer knisterte, erzählte eigene Geschichten. Pierre wartete, dann sprach Missis Jö weiter: »Es kommt mit der Sexualität, deswegen ist Thimie auch so besonders, vielleicht ist es bei ihm sogar umgekehrt.«

Pierre überlegte, was es bedeuten könne. Dabei merkte er, dass er müde war. Er beließ es bei der Vermutung, dass Missis Jö etwas Wichtiges gesagt hatte, schob sein Denken auf – es kam noch einmal zurück, aber ohne weitere Mitteilung, also hörte er nur weiter zu.

»Ich bin mit einem der Jungen aus dem Dorf ins Gebüsch gegangen«, erinnerte sich Missis Jö, »Andreas aus der Mühle, er wohnt nicht mehr hier. Und es war eher harmlos, aber trotzdem, danach habe ich es gemerkt.«

»Und was genau?«

Missis Jö hielt sich kurz. »Danach wusste ich zu viel.«

Robin war zum Hocker vorgerückt, er massierte Missis Jös Füße. Sie seufzte. »Es lauert so viel Vergangenheit hier in dem Haus. Und wenn sich dann einmischt, dass ich ahne, dass etwas passieren wird, aber ich kann es nicht erkennen...«

Sie sah zu Robin. Es schien zu helfen, dass es ihren Füßen gut ging. »Ich weiß gar nicht, wie ich das so lange ohne dich ausgehalten habe«, sagte sie. Robin zuckte die Schultern, er schien es auch nicht zu wissen.

Missis Jö schloss die Augen. »Rauch noch eine«, forderte sie Pierre auf, »ich würde es tun.« Pierre war einverstanden, zündete sich eine zweite Zigarette an. »Ich bin heute wirklich maßlos«, fand Missis Jö, »aber es gibt so Tage.«

Sie plauderte.

Pierre erfuhr, dass es im Dorf einen Priester gab, und eigentlich würden er und Missis Jö sich gut verstehen, aber er wollte es nicht zulassen. Missis Jö war damals zu seinem Vorgänger gegangen und hatte den Fehler gemacht, von ihren Ahnungen zu erzählen, daraufhin hatte er Medam Jö besucht und sich eine Abfuhr abgeholt. Er hatte mit seinem Kreuz gefuchtelt. »Es dauert«, sagte Missis Jö, »bis du weißt, wer du bist, und selbst dann ist es noch nicht fertig. Dann kommt noch eine ziemlich lange Strecke, dann musst du dich noch mögen.«

Pierre drückte ein Gähnen zurück, aber es war stärker. »Entschuldigung«, murmelte er.

»Ja«, sagte Missis Jö, »wir werden diese Nacht etwas schneller schlafen müssen, morgen ist wieder so ein voller Tag.« Sie schmiegte sich tiefer in den Sessel, es sah nicht danach aus, als habe sie vor aufzustehen und ins Bett zu gehen.

»Also sollten wir vernünftig sein«, schlug Pierre vor.

Missis Jö war weit fort. »Ja, geht«, sagte sie, »ich werde wohl noch um einen Baum tanzen müssen oder so was.«

»Was ist los mit dir?«

»Diese blöden Ahnungen, das ist wie Bauchgrummeln — es hört nicht auf.«

»Aber das kannst du nicht genauer sagen?«

»Pierre, das ist es doch. Dann sind es keine Ahnungen. Außer es passiert gleich, dann ist es genauer. Aber es ist weit fort. Und es ist nicht gut.«

Robin stand auf, ging. Wortlos, aber was ist von Pantomimen anderes zu erwarten? Wenn keine Medam Jö in der Nähe ist, der es gelingt, ihnen eine Begrüßung abzuringen...

»Weißt du, Pierre«, sagte Missis Jö, »ich kann Rezepte und gut mit Tieren, und manchmal reagiere ich besser. Aber viel mehr ist das wirklich nicht wert, was ich bin.«

»Unfug«, murmelte Pierre. »Wir sind doch nicht, was wir vermögen.«

Missis Jö drehte den Kopf, lächelte ihn an. »Das hast du schön gesagt. Ich bin wirklich froh, dass du bei uns bist. Versprichst du mir etwas?«

»Ja?«

»Wenn es so weit ist, dann zweifele nicht.«

Pierre zog die Stirn kraus. Missis Jö schwieg, starrte in das Feuer. Robin kam zurück. Er hatte einen grünen Plastikfrosch dabei. Eine Übergröße. Er drehte ihn, der Frosch hatte einen Schalter am Bauch. Robin stellte den Schalter um, setzte den Frosch ab. Vorsichtig schlich er fort, hockte sich zu Missis Jö.

Nichts geschah.

»Schon gut«, sagte Missis Jö, »es geht schon wieder.« Sie schaute zum Frosch, dann zu Robin, flüsterte: »So leicht ist eine Jö nicht umzuhauen.«

»Also darf ich euch allein lassen?«, fragte Pierre.

»Ich glaube, es ist das Beste, was du machen kannst.«

»Sonst rauche ich am Ende noch eine Zigarette«, erklärte Pierre, »und das wäre eindeutig eine zu viel.« Er erhob sich, zögerte kurz, entschied sich für Herzlichkeit und ging einen Schritt auf Missis Jö zu, um sich zu verabschieden. Weiter kam er nicht. Der Frosch gab einen heftigen Quakton von sich, dann ertönte Musik, das Froschmaul bewegte sich, sang:

»And now, the end is here, and so I face the final curtain...«

»Sid«, flüsterte Missis Jö.

Robin stand auf, verbeugte sich. Missis Jö lachte. »Bückeburg«, erinnerte sie, »Bückeburg und die Sex Pistols.« Sie stand ebenfalls auf, nahm Haltung an. Pierre vertagte alle Herzlichkeit, schlich aus dem Zimmer. In der Tür drehte er sich noch einmal um, sah Robin und Missis Jö.

Sie tanzten.

***

Eine linksseitige Träne

Die Vorbereitungen begannen. Jeder hatte seine Aufgabe. Frau Tanderville kümmerte sich um das Haus und die Kinder, Herr Tanderville machte sich auf zum Anwesen der Frau von Hersfeld, um den Besuch der Jös anzukündigen, mit Nennung des morgigen Abends und einer Zahl von drei Personen. Sollte Frau von Hersfeld verhindert sein, würden die Jös das sehr bedauern, ihr Zeitplan ließe leider keinen anderen Termin zu.

Tatsächlich kam Herr Tanderville mit der Nachricht zurück, dass Frau von Hersfeld sich freue, und berichtete, dass sie gefragt habe, ob auch Medam Jö dabei sein würde, worauf Medam Jö meinte: »Sie wird mich wieder nach diesem unsäglichen Grafen zu Freistein ausfragen, es ist peinlich.«

Thimies Aufgabe war die Suche nach Claire. Robin begleitete ihn, er bekam das Auto und sollte Thimie zur Waldlichtung fahren, außerdem hatten die zwei sich lange nicht gesehen und es wurde Zeit, dass sich Stiefvater und Sohn mal wieder richtig aussprachen. Pierre hörte es und stellte sich Pantomime hinter einem Lenkrad vor.

»Du lässt dich nicht blicken und du gehst niemanden an«, mahnte Missis Jö. Thimie sprang zu Pierre, ließ die Gelegenheit nicht aus, ihm einen Abschiedskuss abzufordern. Nur dieses Mal wurde er vertraulich. »Du könntest dich mal rasieren«, sagte er, zwinkerte verschwörerisch zu Missis Jö und ließ einen Pierre zurück, der nicht bereit war zu heiraten, nun endgültig.

Medam Jö ließ sich nicht sehen. Missis Jö kündigte an, noch etwas Schlaf nachzuholen. Pierre fand, dass das eine gute Idee sei. Zwar scheiterte die Gardine in seinem Zimmer, die Sonne abzuwehren, und eine Zeitlang tobten die Kinder vor seinem Fenster, aber Frau Tanderville hatte für ein reiches Frühstück gesorgt – mit allem, was Leib und Lucky begehrten, und gut gesättigt und mit der Bettdecke über dem Kopf gelang es Pierre zumindest ein wenig zu schlafen.

Am Nachmittag führte Missis Jö Pierre in ein Zimmer mit Nähmaschine. Pierre überlegte sofort wieder umzukehren, dann aber entschied er, erst einmal abzuwarten. In einer Ecke stand ein Spiegel, mannshoch und sauber geputzt, also wahrscheinlich nicht magisch. Auf dem Boden lagen sorgsam verteilt das Gewand aus Robins Wagen, dazu weiterer weißer Stoff von ähnlicher Beschaffenheit, eine schlichte weiße Hose, und an einem hohen, silbernen Gestänge hing ein roter, großzügiger Umhang mit Seitentaschen, darauf sich zwei goldene Schlangen in den Schwanz bissen.

Pierre ahnte, was auf ihn zukam. Ob es wirklich sein müsse, fragte er. In seinem Arbeitsvertrag jedenfalls habe er derartiges nicht gelesen, mit Pädagogik habe es wohl eher nichts zu tun, und er sei gerne bereit, Medam Jö zu tragen und in Lichtungen gegen fremde Männer anzulaufen, aber was nun komme, sei grenzwertig.

»Das ist Pädagogik«, behauptete Missis Jö, »nur umgekehrt.«

Pierre war nicht überzeugt. Er protestierte, berief sich auf seine Männlichkeit, und Missis Jö nickte wissend. Sie bewaffnete sich mit einem Maßband und fragte, ob er nicht wissen wolle, wie sein Traum weiter ginge? Worauf Pierre nur grummelte, dass man bei Drogen besser vorsichtig sein solle, weil sie den Menschen verändern.

Missis Jö war nicht zu bremsen. Sie winkte ab, sagte »Ja«, und erklärte, dass sie ein entschiedener Gegner von allem sei, dass dem Menschen im Weg stehe und verhindere, dass er zu sich finde. Wobei sie es aber als übertrieben ansehe, hübsche Kleidung zu vermeiden, nur weil sie berausche.

Erneut überlegte Pierre zu fliehen. Allerdings vermutete er, dass er so nur einen Aufschub erreichen würde, und entschloss sich, vorläufig still zu halten. Missis Jö nahm Maß, dabei plauderte sie, dass sie sowieso und grundsätzlich das religiöse Recht des Mannes auf seine Hose bezweifle, sie verwies auf die Emanzipation der Frau und auf die Gewänder von Päpsten. »Außerdem hat Thimie recht«, sagte sie zu allem Überfluss, »der Bart braucht auch einen Schneider.«

»Nein!«, stellte Pierre klar.

Es war ein Nein jenseits aller Diskussionen. Missis Jö sprach trotzdem weiter. »Ich habe doch nicht gesagt, dass du ihn abrasieren sollst.« Sie bückte sich, um die Beinlänge zu nehmen, sah hoch zu Pierre: »Der Bart ist wie du«, sagte sie, »er ist das Material, die Basis — aber wenn du mit der Basis nichts anfängst, das ist dann so wie...«

Sie unterbrach, suchte ein Beispiel. »Ich glaube, ich habe zu schnell geredet«, bemerkte sie und fragte: »Was ist eigentlich eine Basis?«

»Die Grundlage für das Besondere«, brummte Pierre und stellte verärgert fest, dass er Missis Jö einen Ball zugespielt hatte. Aber der Ball war weg, er war bei Missis Jö, und genauer nachgeforscht war es wohl auch die Absicht ihrer Frage gewesen — eine Vorlage zum Eigentor.

»Ja«, sagte Missis Jö, »jeder Mensch ist etwas Besonderes, aber viele lassen es einfach nur wuchern. Es ist immer wieder die gleiche Frage, es ist die Frage, wer ich bin.«

»So wie du eine Hexe bist?« traute sich Pierre zu fragen.

Missis Jö holte sich einen Hocker und maß Pierres Armlänge.

»Und Thimie ist ein Wolf, also... Ein Werwolf?«

»Ach, diese alten Geschichten vom Werwolf, der dann die Leute umbringt und so«, meinte Missis Jö, »da wird so viel Schauerliches erzählt. Es geht in die Richtung, nun gut, und ich hab es auch nicht gemocht, als wir es merkten, aber was will man machen?«

»Und ich soll das alles glauben?«

»Glaubst du es?«

»Ich...« begann Pierre. Er machte ein unglückliches Gesicht. »Ich weiß es nicht. Es ist eher ein Unglaube, so würde ich es benennen. Ich weiß nicht mehr, was normal ist, und ich hasse den Begriff, nur...«

»Ja?«

»Mir geht die Basis verloren. Ich sehe bald nur noch das Besondere.«

»Das ist nicht gut, da muss etwas passieren.« Missis Jö lächelte. »Aber wir arbeiten ja schon daran.«

Pierre zögerte. Doch es schien eine gute Gelegenheit zu sein. Er entschied weiter nachzufragen. »Was ist Medam Jö? Ist sie auch was?«

Missis Jö holte den Gelabea, legte ihn auf den Boden, kniete sich dazu und begann seine Maße mit denen zu vergleichen, die sie bei Pierre abgenommen hatte. Pierre setzte sich, er wurde nicht gebraucht, vorläufig.

»Mutter ist ein Altgeist«, erzählte Missis Jö, »deswegen muss sie sich auch immer zurückziehen, sonst löst sie sich auf.«

»Ein Altgeist?« Pierre runzelte die Stirn.

»Ja, eine Erinnerung, die Gestalt annimmt. Und die wiederkehrt, als sich selbst, und daraus bin ich dann entstanden.«

»Aha«, meinte Pierre.

Missis Jö redete munter weiter. »So gesehen ist sie nicht nur meine Mutter, sie ist auch meine Großmutter und meine Schwester, weil sie ja ihre eigene Tochter ist, sie ist auch ihre Enkeltochter«, zählte sie auf und erklärte: »Also, auf den Papieren, sie vererbt immer alles an sich weiter.«

»Moment mal.« Pierre mühte sich zu verstehen. »Besonderes an Basis«, funkte er, »bitte kommen.«

»Es ist nicht einfach – mit den Behörden, aber inzwischen haben wir Erfahrung, wir müssen nur immer wieder transferieren.«

Pierre erinnerte seine Abschlussarbeit zur Frage der Logik in der Grammatik, da war auch alles durcheinander. Er machte ein Häkchen hinter Medam Jö, notierte Altgeist, dann fragte er: »Und was ist mit Robin?«

Missis Jö freute sich. »Er ist anders. Er ist Pantomime, sogar mit Prüfung. Aber er ist ja auch angeheiratet, also, ohne Kirche und so, nicht auf dem Papier, sondern hier.« Sie wies auf ihr Herz. »Du glaubst gar nicht, wie wichtig Robin für mich ist. Er ist ein Jö geworden, ein stiller Jö, und wenn ich mal gar nicht weiter weiß, dann ist er da und bringt einen Frosch, oder er schaut mich nur an, zuckt die Schultern und ich kapiere mal wieder, dass sich nicht alles lösen lässt. Das ist so wichtig!«

»Darf ich weiter fragen?« Missis Jö antwortete nicht. »Was ist mit deinem Vater?«

Missis Jö unterbrach ihre Arbeit. »Jetzt hast du aber einen wunden Punkt erwischt«, sagte sie. Sie stand auf, setzte sich zu Pierre. »Aber du musst versprechen, dass du Thimie nichts sagst«, forderte Missis Jö, »er hat endlich aufgehört zu fragen.« Ihre Stimme wurde leiser. »Wahrscheinlich ahnt er es längst.«

Pierre sprach nicht, er wartete.

»Vater war auch eine alte Seele, aber er hat sich gegeben«, begann Missis Jö mit einer Stimme, die nicht so richtig wollte. »Es ist selten, dass Altgeister zueinander finden, aber dann ist es etwas Wunderbares. Nur für mich war das nicht einfach. Als das bei mir losging mit den Ahnungen.«

Sie drehte den Kopf, schaute aus dem Fenster. »Es ging mir gestern nicht so gut«, sagte sie, »und es ist heute auch nicht besser. Es ist alles wieder da, die Erinnerungen... Ich habe lange gebraucht, um...«

Sie zögerte, dann sprach sie weiter: »Um Missis Jö zu werden.« Sie lächelte, sah zu Pierre: »Ich kam nicht mit mir klar. Ich war ein kleines, zartes Mädchen, aber – ich habe mich geprügelt, ich habe getrunken, später dann habe ich studiert, alles das. Weil ich nicht wusste, wohin mit mir. Ich war sogar mal eine Modepuppe, wir hatten ja das Geld.«

Pierre verstand. Zumindest so viel, dass er sagen konnte: »Ja, ich habe auch studiert.«

Missis Jö lächelte. »Ich habe vor Robin keinen Mann gehabt«, erzählte sie, »also, da war nichts Erwähnenswertes, nur was man so braucht. Ich wollte auch nie Kinder, aber — dann kam Thimie. Medam Jö hatte ihre Wechselphase, sie hatte früher eingesetzt. Mutter war nicht da, um sich zu kümmern. Sie war zu erschöpft, nach der Geburt. Ich war unkompliziert, meine Geburt hat sie gut überstanden, aber Thimie wollte nicht raus.«

Pierre zog die Stirn kraus. »Moment mal...«

»Ja«, sagte Missis Jö, »Thimie ist nicht mein Sohn.«

Sie holte einen tiefen Atem, ließ ihn los. »Mutter musste ins Krankenhaus, es hat sie zu sehr angestrengt, ohne Rückzug, immer den Körper hinhalten, das ist nicht so einfach, als Geist.« Sie zuckte mit der Schulter. »Nur wir brauchten die Hilfe, es ging nicht allein.«

Vor dem Fenster liefen die Kinder der Tandervilles vorbei, mit Gejohle. Missis Jö legte den Kopf schief.

»Thimie ist mein Bruder«, sagte sie.

Das Geschrei entfernte sich. Pierres Gedanken rasten. Er mühte sich, ihnen zu folgen, aber sie waren schneller.

»Es war klar, dass auch Thimie besonders sein würde. Und Vater hatte mit mir eine Menge erlebt, er wollte nicht, dass es mit Thimie genauso schlimm sein würde. Dazu kam, dass Thimie sich weigerte...«

Pierre sah zu der kleinen Frau, die vor ihm saß, eine Träne floss aus ihrem linken Auge.

»Ich habe gelernt stark zu sein. Aber wenn ich an die Tage denke... Dann weine ich. Nur links, Pierre, rechts geht noch nicht.«

»Dein Vater ist auch Thimies Vater?«

»Er war es, und er ist es noch, irgendwo drin in Thimie. Manchmal meine ich ihn zu hören, zu sehen. Ich habe mir abgewöhnt ihm zuzuwinken.«

»Missis Jö, verstehst du, dass ich Schwierigkeiten habe, das alles...« Pierre suchte Worte. »Das ist noch schlimmer, wenn du selbst drin bist in so einer Geschichte«, sagte Missis Jö.

Sie wischte die Träne fort. »Vater hat gesagt, dass er immer bei mir sein wird. Und dass ich nur hinschauen muss. Er hat gesagt, dass es nicht noch einmal so sein darf — wie mit mir. Wenn ich mich nicht verstehe und er ist nicht da und Mutter hat ihre Zeiten, die sie nur im Schrank sitzt und ihre Kraft sammelt, weil sie sonst verblassen würde...«

Missis Jö stoppte ihre Worte. Ihre Hände sprachen weiter. Die eine Hand streichelte die andere, dann wechselten die Hände, berührten einander, kümmerten sich.

»Du sagst, dein Vater ist jetzt in Thimie?«

»Ja, Mutter hätte es sonst nicht geschafft. Es ist das Wesen von Geistern, sie geben sich. Sie finden den Ort, an dem sie bleiben, als die Erinnerung, die sie sind. An einem Tag, der ihnen bestimmt ist. Mit Thimies Geburt war Vaters Tag gekommen. Und so ist Thimie geworden, was er ist. Ein guter Junge, etwas sonderbar, er war noch nie krank, und bis auf den Mond ist er großartig, nein... Er ist auch mit Mond großartig.«

Das Gejohle der Kinder kam zurück. Ein Mädchen kreischte vor Vergnügen, eine Jungenstimme forderte:

»Du bist tot.«

»Wenn er volljährig wird«, sagte Missis Jö, »und es könnte sein, dass er seinen Wolf verliert, und dass er sexuell wird, alles das...«

Pierres Kopf fuhr Achterbahn. Mit Schienenverzweigungen, eine Sonderkonstruktion. »Weil es sein könnte, dass Vater dann geht«, sagte Missis Jö. »Weil er ihn verlässt... Dann ist alles möglich.«

»Weil dein Vater dann ausfährt? Wenn Thimie achtzehn wird?«

»Vielleicht ist es bloß ein dummer Muttergedanke, so ein Erlösungsgedanke. Vielleicht bleibt es alles so wie es ist. Und Thimie wird immer besonders sein, auch wenn er seinen Vater verliert.«

»Hier soll es doch einen Kirschschnaps geben«, sagte Pierre. Missis Jö stimmte zu: »Das ist ein guter Gedanke.« Ihre Hände lösten sich, eine langte vor, nahm Pierres Hand: »Bleib einfach in der Nähe«, sagte sie. »Du kennst das Leben, wenn es nicht funktioniert. Und du hast es ja noch vor dir. Ich hätte dir das alles nie erzählt, wenn du nicht einer von uns wärst.«

»Ich bin auch was?«

»Ja, du musst es nur wollen, und es ist nicht immer leicht. Aber es ist der einzige Weg, der Kreis muss sich schließen. Probier es, und du weißt, wer du bist. Wenn du es wagst, dann nimm sogar deinen Bart ab, er kommt wieder. Nichts geht verloren, außer wir vergessen zu leben.«

»Ich frag mal nach dem Schnaps, ja? Möchtest du auch einen?«

»Heute ja.«

Pierre verließ das Zimmer. »Ganz ruhig«, forderte er sich auf, »und schön nacheinander.« Er wiederholte das Gehörte. Thimie war Missis Jös Bruder, aber Missis Jö hatte ihn aufgezogen, weil Medam Jö zu viel Zeit in ihrem Schrank verbrachte. So weit, so gut. Bis auf den Schrank, egal.

Außerdem war der Vater schuld, er hat Thimie gerettet, aber nun hockte er in Thimie, und wenn der Junge volljährig wird, fährt er aus, was dann ähnlich wirkt wie ein Gebüsch, in dem zwei junge Menschen merken, dass die Welt noch etwas reicher ist...

Ein magisches Kondom platzt, der Wolf verschwindet, er wird abgelöst, der Junge verliert seine Unschuld, wird sexuell.

Ein übliches Verfahren... Wenn sich in Stammbäumen Altgeister tummeln, zur Volljährigkeit hauen die Väter ab.

Genau!

Gespenster sind datumsfixiert, das weiß man ja.

Pierre spürte, dass sein Hirn dampfte. »Überhitzt«, murmelte er, »wir müssen Schnaps drauf gießen.«

Ein Verdacht sprang vor, drängte alles Gehörte zur Seite, schob sogar alle Vermutung über Thimies mögliche Entzauberung fort, und dann könnte es ernst werden.

Nur Letztes blieb: Nimm den Bart ab, vergiss nicht zu leben.

Was hatte Pierres Bart mit Missis Jös Familiengeschichte zu tun? Es war möglich, um mehrere Ecken gedacht, aber das war notwendig, sowieso.

War es eine Verschwörung? Eine brillante Geschichte mit dem Ziel, an Pierres Bart heranzukommen?

Pierre erinnerte, dass Thimie Missis Jö zugezwinkert hatte, nachdem er ihn aufgefordert hatte, sich doch mal zu rasieren. Es musste eine Geheimkonferenz der Jös gegeben haben, als Pierre es nicht mitbekam. Eine Konferenz mit dem Ziel, ihn zu rasieren!

Pierre fand den Tanderville, fragte nach dem Selbstgebrannten. Er erhielt eine Flasche und zwei Gläser, machte sich auf den Rückweg. Missis Jö war großartig, gab er zu. Ihre linksseitige Träne, das war bestes Hollywood. Und... Verdammt, er, Pierre, mochte diese kleine Frau, inklusive kleinem Bruder, Pantomimenmann und Schrankmutter.

War Missis Jös Träne echt?

Pierre kreuzte das Badezimmer, hielt an. Er ging hinein, stellte sich vor den Spiegel. »Hallo, Pierre!« murmelte er.

Wie wichtig ist es, dass ein Mensch sich sehen kann? Dass andere ihn sehen können? Wie wichtig ist all der Quatsch mit Geisteltern und Hexen, die Drogenlollys brauen? Wenn du träumst, dann träumst du. Und wenn der Wecker klingelt, bist du wach, mit deiner Erinnerung — an die andere Welt. In der andere Gesetze gelten, in der du fröhlich bist und zu flattern vermagst, und auf einmal bist du tot, nur es fehlt noch etwas, es könnte weiter gehen...

Warum nicht mitspielen? Warum nicht mitrudern im Chaos, die Achterbahn ertragen, irgendwann ist der Schwung raus, und wenn nicht — was gilt es zu bewahren?

Pierre lächelte sich zu. Alles Geratter um Geister verschwand, um Väter, die sich in Söhnen verstecken — er fühlte sich verwegen, spürte Übermut. Es war ein gutes Gefühl. Auch das Bild im Spiegel lächelte. »Weißt du«, sagte Pierre, »ich mag dich nicht besonders. Aber ich verteidige dich, so viel musst du anerkennen.« Das Gegenüber nickte. »So ein Leben«, sagte Pierre, »das braucht Drama. Wir brauchen es vielleicht nicht, aber wenn das Leben es braucht...«

Pierres Spiegelbild überlegte. »Wie wäre das? Wir kümmern uns einfach nicht, um Wahrheit und Fantasie, ob da ein Wolfsjunge rumläuft, mit einem Vatergeist in sich drin — wir kümmern uns nicht. Missis Jö ist Missis Jö, und wir...«

Erneut ein Lächeln, hinter einem Bart. »Wir machen ihr ein Geschenk, ja?«

Nun schaute es äußerst misstrauisch aus dem Spiegel. »Ja«, sagte Pierre, »ich meine dich. Wir rasieren dich ab, binden dir eine Schleife um und dann wirst du verschenkt. Was meinst du? Kannst du damit leben?«

* * *

Frau von Hersfeld

Pierre zog das Gewand an, das Missis Jö auf seine Größe zugeschneidert hatte, sofort fehlte ihm sein Bart. Er legte sich den Umhang um, nun sah er aus, als sei er in einen Modetopf gefallen, als begäbe er sich zu einem Faschingsball, verkleidet als weiß-rotes Fabelwesen mit Anteilen Gold, als osmanischer Zauberer mit zu langen Ärmeln, die auf dem Boden schleiften, wenn er die Arme nicht anwinkelte, als höher gestellter, gut genährter Eunuch in der Garde der Zweitfrau des Sultans, morgens kommt ihm die Ehre zu, beim Frühstück den Palmwedel zu schwenken...

Weniger aufwändig gesagt: Er sah blöde aus. Und er war sicher, der Bart hätte geholfen, das Elend seines Äußeren zumindest im oberen Bereich einigermaßen aufzufangen.

Doch nun war es Missis Jö, die den Bart besaß. Sie hatte das Geschenk entgegen genommen, war Pierre um den Hals gefallen, freudig hatte sie weiter genäht, behauptet, sie sei gleich fertig, mehrmals, und der Kirschschnaps schmeckte vorzüglich.

Am Morgen kam das Elend.

Ein Kater mit Meisterbrief im Schmiedehandwerk mühte sich, Pierres Gehirnwindungen in eine andere Richtung zu schlagen. Er wachte auf, drehte den Kopf, um nach dem Reisewecker zu sehen, auf halber Strecke stoppte sein Blick. Neben dem Bett lagen Gelabea und Umhang, lachten ihn an, auf die hämische Art von Fehlanschaffungen. Pierres Hand tastete nach seinem Bart, eine Tradition guter Jahre, in denen der Bart beim Denken geholfen hatte, doch er fand ihn nicht, trotz wiederholter Versuche.

Pierre bereute. »Warum?«, flüsterte er.

Müde raffte er sich auf, ließ das Gewand links liegen, ging frühstücken, in Hemd und Hose vom Vortag und mit nacktem Gesicht. Frau Tanderville stand am Herd, staunte, dann zeigte sie mit dem Finger auf Pierre, meinte: »Hübscher Mann das jetzt.« Die Kinder kicherten, Pierre setzte sich zu ihnen an den Tisch und litt.

Es gab frische Brötchen, eine Auswahl Belag und Aufstrich, gebratene Eier mit Speck und frisch gepressten Orangensaft. Pierre stierte auf das Frühstück. Sogar Lucky verweigerte das Interesse.

Medam Jö rollte in die Küche. Sie nickte anerkennend, gleich zweimal, dann folgte Missis Jö, sah Pierre und strahlte: »Wunderbar! Er ist ja immer noch ab!«

Sie setzte einen Tee auf, der nach Socken schmeckte, und er wirkte. Pierres Kopf erholte sich, der Kater verschwand. Nur der Bart kam nicht zurück.

Nach dem Frühstück kündigte Missis Jö an, dass sie nun noch die Hose ändern würde. Pierre sprach dagegen, meinte, dass übertriebene Nachtgewänder auch durch eine Hose nicht zu retten seien, besonders wenn diese nur um ein Weniges unten herausschauen würde. Doch Missis Jö war nicht zu bremsen. »Wir besuchen heute Abend eine Dame von Stand«, sagte sie, »dazu braucht es eine Hose.«

Pierre seufzte. Es war entschieden, dass er mitkommen sollte zum Empfang bei Frau von Hersfeld, damit hatte er gerechnet. Allerdings sollte er den Gelabea mit Umhang tragen. Es sei notwendig zu beeindrucken, erklärte Missis Jö, und fragte, ob Pierre Lippenstift zulassen würde?

Sie erhielt ein entschiedenes Nein. Pierre drohte mit Kündigung und Missis Jö fügte sich. Aber für die Rötung in seinem Gesicht, eine Folge seiner Rasur, dafür habe sie eine Salbe, sagte sie noch, und Pierre überlegte, ob er ihr vertrauen könne?

Gegen Mittag war die Hose fertig. Pierre gab dem Gewand eine zweite Chance, verwandelte sich in das fremdländische Wesen, das er zur Nacht im Standspiegel gesehen hatte. Die Hose passte. Pierre zog den Gelabea über, legte den Umhang um, verzog das Gesicht und fragte, ob es wirklich sein müsse? Ob er gehobene Kleidung dabei habe, wollte Missis Jö wissen, dann sei es möglich zu verzichten.

»Gehobene Kleidung?«, murmelte Pierre. Er dachte an Thimie und den gestärkten Kragen, den der Junge erleiden musste.

Es klopfte und Medam Jö saß vor der Tür. Sie fuhr herein, betrachtete Pierre von oben bis unten und einmal zurück, dann meinte sie: »Sehr gut.« Pierre seufzte, also fügte sie noch an: »Es gibt sicher mehr als eine Wahrheit, Herr Pierre. Wir sind es, die sie zulassen oder aussparen. Ich denke, drei Tage werden reichen, vielleicht wird es auch schneller gehen.«

»Was?«, fragte Pierre.

»Die Erinnerung«, erhielt er zur Antwort, »die Kraft des Wissens, über die wir alle verfügen.« Die alte Dame lächelte, sagte: »Der wir mit Angst und Neugier begegnen, die uns antreibt zu den großen Taten, die wir wissend nie vollbringen würden.«

Am Nachmittag übte Pierre zu laufen, ohne auf die Ärmel zu treten. Er nutzte sein Bett als besondere Aufgabe, bestieg es, bemühte sich dabei, möglichst würdevoll auszusehen. Er erinnerte seinen Traum, stieg wieder runter vom Bett, zog zur Sicherheit die Gardinen vors Fenster und probierte zu fliegen. Er flatterte mit den Ärmeln und hüpfte.

Es misslang.

Doch seine Laune besserte sich, auf misstrauische Art, aber immerhin. Das Gewand besaß kaum Gewicht, trug sich leicht, wie Wind. Pierre stellte fest, dass er es ohne zugehörige Öffentlichkeit durchaus mögen könnte. Nur eben die Ärmel, sie verlangten Obacht, und Pierres Bauch, so schien es ihm, kam besser zu Geltung, was nach seiner Auffassung eher schlechter war.

Schließlich straffte sich seine Gestalt, er grüßte den Caesar seines Geschicks und machte sich auf, Missis Jö zu suchen.

Er fand sie bei ihrer Mutter. »Ich soll wirklich, hier drin?«, fragte er noch einmal zur Sicherheit. Er erhielt ein doppeltes Nicken, von Missis Jö und aus dem Rollstuhl.

Zumindest wurde er mit seiner Aufgabe nicht allein gelassen. Missis Jö trug ein strenges Kostümkleid, grün mit modernen Seitenstreifen in weiß, dazu hatte sie einen kleinen Hut aufgesetzt, mit Fasanenfeder und einem frechen Witwengatter unter der Krempe. Medam Jö hatte sich einen sandfarbenen Wollschal umgelegt, darunter blitzten eine weiße Bluse und ein Collier, das gereicht hätte, eine mittelständische Familie mit mehr als zwei Kindern über Monate zu versorgen. Statt ihrer geliebten Zebradecke hatte sie eine Zweitdecke um die Beine geschlungen, die Farbe heller Sand, und als Krone trug sie eine Perücke aus Grauhaar, etwas dunkler als ihr eigenes und aufwändig frisiert. Sie saß in ihrem Rollstuhl, als sei es ein fahrbarer Thron, so aufrecht und würdevoll, dass Pierre entschied, zumindest den Versuch zu wagen, es ihr gleich zu tun. Was im Nachthemd mit Umhang und Flatterärmeln natürlich um Einiges schwieriger war.

Der Blick, mit dem Frau von Hersfeld Pierre begrüßte, erinnerte ihn an Frau Sonnenbein. »Pierre de Mon«, stellte Missis Jö ihn vor, »er ist delegiert, und es ist uns eine große Ehre, dass wir ihm das Land zeigen dürfen.«

Pierre deutete eine Verneigung an, lächelte höflich und dankbar, Frau von Hersfeld hob die Augenbrauen und erkannte Pierres Bedeutung an. »Delegiert?«, fragte sie. »Wir möchten lernen«, erklärte Pierre, »es ist so vieles anders bei Ihnen.«

»Ah ja«, murmelte Frau von Hersfeld, und verstand, dass es dann auch anders sein müsse bei Herrn de Mon, egal, woher er kam. Sie entschied, später nachzufragen, erinnerte die Etikette und Medam Jö bekam einen Hofknicks, nicht ohne Tiefe.

Frau von Hersfeld bat den Besuch herein.

»Ich soll Grüße ausrichten«, sagte Medam Jö, und Pierre spürte Übermut. »Der Graf«, wusste er, »wirklich ein herausragender Mann.« Medam Jö gab ihm einen Blick. »Er ist eher klein«, mahnte sie.

Pierre ließ sich nicht bremsen. »Ich meinte ja auch innen«, flötete er, und bemerkte, dass er geflötet hatte. Das Gewand, das er trug, zeigte erste Wirkungen.

Frau von Hersfeld führte in den Salon, Pierre stellte fest, dass sie eindeutig nicht zum verarmten Adel gehörte. Eine dürre Gestalt wartete mit dem Begrüßungsgetränk, nach der Kirsche am Abend zuvor gab es nun gesäuerten Pfirsich mit Prozenten.

»Sie haben den Grafen kennen gelernt?« plauderte Frau von Hersfeld, und Pierre mahnte sich zur Vorsicht. »Leider nur kurz«, sagte er, »und es war dennoch beeindruckend.« »Ja«, freute sich Frau von Hersfeld, »es ist wirklich nicht zu verstehen, dass ein Mann wie er noch immer Junggeselle ist.«

Medams Jös Mund wurde zu einem dünnen Strich, sie kämpfte mit ihrer Geduld. Missis Jö meinte: »Er liebt die Freiheit, aber vielleicht auch seinesgleichen.«

»Ach, das ist doch nur ein dummes Gerücht«, winkte Frau von Hersfeld alle möglichen Gedanken fort. Sie wandte sich zu Pierre: »Wir haben uns in Sölten kennen gelernt. Obwohl es bereits eineinhalb Jahre her ist, ich kann gar nicht anders als immer nach ihm zu fragen.« Nun sah sie zu Medam Jö: »Ich weiß ja, dass sie geschäftlich mit ihm verbunden sind, oder zumindest freundschaftlich.«

Es war eine indirekte Frage mit der Bitte um mehr Information, erkannte Pierre. Doch die Flügeltür des Salons störte, verhinderte eine mögliche Antwort. Sie öffnete sich, zwei Bedienstete standen Spalier, und Pierre schaute in das Speisezimmer, in der eine Menge

Geschirr, Besteck und Gläser auf einem Tisch mit weißer Decke warteten, genutzt zu werden.

Pierre mahnte sich, auf seine Ärmel acht zu geben. Lucky knurrte. »Entschuldigung«, murmelte Pierre, »es ist mein Magen. Er kennt sich noch nicht so aus mit europäischer Sitte.«

Der erste Gang bestand aus einer klaren Suppe, sie schmeckte nach Gewürz. Dazu gab es einen Spieß mit Hummerfleisch und selbstgebackenes Brot – Frau von Hersfeld kündigte es an, Missis Jö krempelte ihr Witwengatter hoch und scherzte: »Na ja, eigentlich ist Brot immer selbst gebacken.«

Man lachte herzlich und Medam Jö verlor die Geduld. »Sie wissen, dass sich ihr Sohn im Dorf aufhält?«, fragte sie ohne Umschweife.

Frau von Hersfeld verschluckte sich, erfuhr die Rache eines Hummerstückchens. Pierre stand auf, um zu klopfen. Ein Ärmel traf auf ein Glas, wischte es vom Tisch. »Fein«, meinte Missis Jö, »jetzt wird es gemütlich.«

Frau von Hersfeld half sich mit Wasser. Ein Diener nahte mit Kehrblech und Lappen, Pierre fühlte sich erinnert. »Anscheinend weiß das inzwischen jeder«, beklagte sich Frau von Hersfeld, dann mühte sie sich um Strenge, meinte: »Aber nicht jeder glaubt, dass es sich dabei auch um seine Angelegenheit handelt. Ich habe durchaus meine Gründe.«

»Ja«, sagte Medam Jö. In ihrer Stimme klang Eisen mit, die Art, die Thimie zu hören bekam, wenn er über die Stränge schlug. »Und es sind sicher nicht die Gründe einer Mutter.«

Frau von Hersfeld griff zur Serviette, tupfte den Mund, legte sie neben ihren Teller. Kurz rang sie mit sich, dann erklärte sie: »Ich denke, ich habe genügend gespeist. Ich bedanke mich für Ihren Besuch, aber bitte um Verständnis. Ich habe bereits zum Morgen den Anflug einer Erkältung gespürt, die sich nun leider...«

»Pappalapapp«, unterbrach Medam Jö, »das Gespräch wird geführt.«

Frau von Hersfeld stand auf. Sie war erregt: »So sehr ich sie schätze, Medam Jö...« Erneut fiel ihr die alte Dame ins Wort. »Setzen!«, sagte sie.

Es war erstaunlich. Frau von Hersfeld gehorchte. Dabei sah sie aus, als würde sie jeden Moment überkochen, sie schnaufte sogar etwas.

Aber sie saß.

Missis Jö griff nach ihrer Hand. »Wir sind doch nicht Ihre Feinde, liebe Frau von Hersfeld«, sagte sie mit sanfter Stimme: »Wie lange kennen wir uns jetzt schon?«

Frau von Hersfeld antwortete nicht. Sie hatte noch immer mit ihrer Haltung zu kämpfen. Der Oberbedienstete neben der Tür bemerkte, dass nicht mehr gegessen wurde, er winkte, zwei Unterbedienstete räumten ab. »Wir pausieren«, informierte Frau von Hersfeld das Personal. Der Oberbedienstete ging, um der Küche Bescheid zu geben. Vielleicht war er aber auch unterwegs, das Sicherheitspersonal zu verständigen.

»Es geht uns um Claire«, sagte Missis Jö. »Ihr Wald war ein sicherer Wald, und so soll es auch weiter sein. Wir haben Claire mit der Hand aufgezogen, Sie wissen das. Wieso lässt der Hohlmann zu, dass in seinem Wald geschossen wird?«

Frau von Hersfeld schwieg. Die Hand der Missis Jö lag noch immer auf ihrer Hand. Sie entzog sich nicht. Pierre vermutete, dass sie Berührung ignorierte, so besaß es mehr Adel.

»Ihr Sohn und seine Freunde«, sprach Missis Jö weiter, »es sind junge Männer, die Regeln brauchen, die...« Sie unterbrach: »Und Sie wissen, dass ich eine Freundin der Freiheit bin, aber...« Wieder sprach sie ihren Satz nicht zu Ende, sie verdrehte die Augen, meinte: »Himmel, ich hasse es, wenn ich so sülze!«

»Sie essen doch Tiere?«, fragte Frau von Hersfeld. »Und der Wald muss beaufsichtigt werden, soll ich den

Hohlmann entlassen? Er hat vier Kinder, und keines der Kinder kann etwas dafür, dass er trinkt.«

»Dann muss ein anderer Aufseher her«, antwortete Missis Jö, »das hilft weder dem Hohlmann noch seinen Kindern, wenn wir so tun, als würden wir das nicht mitbekommen.«

»Man muss nicht alles wissen und man kann nicht überall sein.« Nun entzog Frau von Hersfeld ihre Hand, mit dem Vorwand, dass sie sie brauchte, um noch einmal mit der Serviette den Mund abzutupfen.

Missis Jö sah ihr traurig zu. Frau von Hersfeld legte die Hand zurück auf den Tisch, wieder wurde sie eingefangen. »Ja«, sagte Missis Jö. »Aber wir müssen da sein, wo wir hingehören, und da müssen wir auch hinschauen.«

Frau von Hersfeld presste die Lippen. Pierre sah, dass sie sich zumauerte, sah eine einsame Frau, umgeben von Prunk, aber alle Fröhlichkeit schafft es nur bis zur Vorspeise, dann muss sie husten.

»Bei uns«, sagte er, »ist eine Familie ein großes Glück, und es ist ein Elend, wie wenig Menschen vermögen, dieses Glück zu bergen.« Er lächelte, ohne Bart, der das Lächeln hinderte, nur vermuten ließ, dass es da war. Pierre folgte dem Beispiel der Missis Jö. Er legte seine Hand auf die andere Hand der Frau von Hersfeld. Kurz wunderte er sich, wie leicht es war, die Grenze zu überwinden, hin zu einer fremden Hand.

Frau von Hersfeld ignorierte zweimal. Pierre fand, dass es eine große Leistung war, wenn auch wenig hilfreich.

Medam Jö sprach: »Es ist keine Schande zu lieben. Nicht für den Adel, nicht für die Kirche.« Frau von Hersfeld horchte auf. »Es ist eine Schande, nicht zu seiner Liebe zu stehen, egal, wie kurz ihr Atem war, egal, ob sie sich verirrt hat, sie hat Leben geschaffen.«

»Ja«, sagte Missis Jö, »und dieses Leben knallt jetzt im Wald herum.«

Nun zog Frau von Hersfeld ihre Hände fort, beide.
»Dann sollten Sie vielleicht mit dem Priester des Dorfes sprechen, der...«

Missis Jö zog die Stirn kraus. »Ja?« fragte sie.

Frau von Hersfeld sprach nicht weiter. »Was ist mit dem Hochstein?«, setzte Missis Jö nach: »Na los, es will doch raus.«

»Er hat mir aufgelauert. Er ist stärker als ich. Er hat gesagt, dass ich das doch auch will, und ich...«

»Er hat Ihnen Gewalt angetan?«

Frau von Hersfeld hob den Kopf, mühte sich um Stolz. »Ich habe Thom das Gewehr gegeben. Ich habe ihm gesagt, dass er im Wald üben soll.« Sie ruckte mit dem Kopf, sah zu Medam Jö.

»Ich habe mich gekümmert«, sagte sie, »ich habe ihn aufziehen lassen, ich habe ihn in ein Internat gegeben, ein gutes Internat, das Freiheiten erlaubt, Verständnis zeigt — bis er alt genug war.« Ihre Stimme wurde kälter. »Dann wollte ich, dass er seine Feinde kennen lernt. Er hat das Internat wechseln müssen, er hat es mir nicht verziehen. Ein katholisches Internat, mit Kreuzen in den Zimmern und Lehrern, die vom Glück der Keuschheit reden, vom Lohn der Entsagung, bis ihnen der Rock brennt und das Gebet hat Bilder im Kopf, die kreischen.« Sie atmete heftig, sah zu Pierre, ihre Augen blitzten. »Wir sind Europäer, und die Kreuzzüge sind noch nicht vorbei!«

»Anna, liebe Anna«, sagte Missis Jö, »das hast du über all die Jahre mit dir herum geschleppt? So viel Bitterkeit, so viel Not...«

»Ja, es sind Jahre. Und ich habe einen Sohn. Ich habe lange warten müssen. Doch er kam zurück. Er wollte nichts mehr von mir wissen, er wollte ein eigenes Leben. Aber ich wusste, dass er wieder kommen würde. Alt genug, stark genug. Er wollte eine Erklärung. Er stand vor mir, zornig und wild. Und ich habe ihm erzählt, wer sein Vater ist. Sein Erzeuger. Ich habe ihm gesagt, dass es keine Liebe war, aus der er geboren wurde. Dass es Wut ist, wegen der er lebt, einzig Wut.«

Sie hob den Kopf, zeigte Stolz — den Stolz einer Frau, der beide Hände weggefangen wurden, aber sie hat nicht aufgegeben. Sie hat ihre Kälte bewahrt, sie hat sich ihre Hände wieder geholt, sie hat das Leben, das ihr aufgezwungen wurde, auf den Vater gehetzt.

»Und ich warte. Ich sitze hier und warte. Es wird im Wald geschehen. Jeremias Hochstein sucht seinen Frieden. Er sucht ihn im Wald, dort, wo er mich genommen hat. Es soll ein Unfall werden. Und dann ist es vorbei, egal, wie es ausgeht. Ich...« Sie stockte. »Nein«, sagte sie, die Stimme nun weicher, mit Trauer im Ton: »Es geht nicht um Claire. Es geht nicht um das Reh. Es kann nur sein, dass es am Wegesrand liegt, so wie ich.«

Missis Jö sah zu Pierre. »Es klärt sich. Warum wir hier sind. Und es wird immer dunkler dabei.« Sie drehte zu Medam Jö. »Mutter?«

»Ja, wir fahren.«

Missis Jö stand auf, rollte das Witwengatter vor ihre Augen. Pierre folgte, erhob sich. Lucky knurrte. Pierre beschloss, dass sein Magen dringend eine Erziehung brauchte.

»Es ist egal, wie es ausgeht?« wiederholte Medam Jö die Worte der Frau von Hersfeld. »Der ungeliebte Sohn tötet seinen Vater. Er wird Jahre im Gefängnis zubringen, die Wut ist weggeräumt? Der Vater ist tot, er steht vor seinem Gott und wird seine Strafe erhalten? Und die Anstiftung zur Tötung kann nicht nachgewiesen werden? Bei allem Verständnis, Anna Katharina von Hersfeld, du hast Unrecht erfahren und du hast gelitten, auf böse Jahre. Doch dieser Weg schafft nur neues Unheil, er gibt den Teufeln recht.«

Sie kippte den Schalter an ihrem Rollstuhl, drehte, sprach mit dem Rücken zu Frau von Hersfeld: »Und sollte es gelingen, sie sind fort geräumt, Vater und Sohn, eines bleibt.«

Medam Jö schwieg. Missis Jö und Pierre warteten, dass sie weiter sprach. »Ich bedanke mich für den Besuch«, sagte Frau von Hersfeld mit kalter Stimme.

»Die Erinnerung«, sagte Medam Jö, »sie bleibt.«

* * *

Der tote Bär

Als sie auf dem Hof der Jös ankamen, stand Frau Tanderville in der Küche, rührte in einer Suppe, am Küchentisch saß eine schlanke, grazile Gestalt. Pierre schätzte sie auf dreißig Jahre, vielleicht eines mehr oder weniger, mit großen braunen Augen und einem langen, schmalen Hals, den ihre Frisur, ein Pagenkopf, noch betonte. Sie trug als einziges Kleidungsstück ein großes T-Shirt, das ihr bis zu den Knien reichte, Pierre vermutete als Herkunft den Schrank des Herrn Tanderville.

Missis Jö sah die Frau, lief auf sie zu, rief »Claire!« Sie kniete sich hin, griff nach den Händen der Frau, sagte: »Was machst du nur für Sachen! Schau... Ich muss dir gleich einmal Pierre vorstellen. Du hättest ihn mal mit Bart sehen sollen!«

Pierre nickte zu der Frau, murmelte ein »Hallo!« Die Frau sah zu Pierre, nur kurz, als gäbe es ein Verbot, fremde Menschen zu betrachten. Es mochte aber auch sein, dass ihr Männer im Gelabea unheimlich waren.

Die Frau hieß Claire? Wie das Reh?

Pierre kniff die Augen zusammen, aber es half nicht. Vor ihm saß eine junge Frau, die...

Er stoppte seine Gedanken, sagte: »Ich denke, ich sollte mich erst mal umziehen.« Pierre drehte, wollte die Küche verlassen, doch die Tür war besetzt. Robin stand in der Tür. Er staunte Pierre an, dann nickte er eifrig, warf die Hände hoch, als Zeichen seiner Zustimmung, nach Art, die in Stadien die Mannschaften anfeuert.

Hinter Robin schaute Thimie in die Küche, mit nassen Haaren, bekleidet nur mit einem Handtuch, aber es war ein Größeres. Er stutzte, drängte sich an Robin vorbei, schlich sich an, umrundete Pierre, schnupperte, dann sagte er: »Ich kann leider nicht. Ich bin versprochen, ich gehöre einem anderen.« Er legte die Stirn kraus, überlegte: »Aber der will sowieso nicht richtig, bist du frei?«

Pierre stammelte: »Nein, ich...«

Mehr als die zwei Worte gelangen ihm nicht. Thimie sprang zu ihm hoch, umklammerte ihn, das Handtuch gab auf und Missis Jö rief: »Ihr zwei geht sofort woanders hin. Ich will so was hier nicht sehen!«

Pierre wusste nicht, wohin mit seinen Händen. Aber Thimie brauchte keine Unterstützung, er kletterte ein wenig höher, Pierre erhielt einen Kuss auf die Wange, dann lachte Thimie, löste sich, griff das Handtuch, schaute zu Claire und rief: »He!«

Claire zeigte ein kurzes Lächeln. Es erschien, verschwand wieder. Thimie huschte aus der Küche. »Ich komme wieder«, warnte er.

»Kinder!«, murmelte Missis Jö. Sie sah zu Claire, dann zu Robin und Pierre: »Lasst ihr uns allein? Das ist jetzt ein Gespräch unter Frauen.« Die Männer gehorchten, Frau Tanderville drehte das Feuer unter dem Topf kleiner, zählte sich dazu und folgte.

Claire sah erschöpft aus. Missis Jö strich ihr durch das Haar. »Ich weiß schon«, sagte sie, »ich weiß. Aber du kannst doch nicht immer nur weglaufen.« Missis Jö lächelte, mit schief angelegtem Kopf und Augen, die verstanden. »Ob das wirklich eine gute Wahl ist, dieser Flegel?«, fragte sie, fügte an: »Aber das weißt du doch nicht, wenn du ihm keine Chance gibst. Du musst den Mut haben, ihn kennen zu lernen.«

Thimie schaute durch die Tür, verschwand sofort wieder.

»Natürlich ist es nicht richtig, wenn du ihm gleich alles erzählst, so was braucht Zeit. Aber wir sind doch alle so. Erst wird die Sonnenseite gezeigt, und dann folgen die Schatten. Das geht auch nicht anders rum. Hast du schon einmal einen Schatten gesehen, der Sonne wirft?«

Claire zeigte ein Lächeln, es war scheu. Aber es schaute in die Welt, kurz.

»Wir sind jetzt hier«, tröstete Missis Jö, »und wir werden rauskriegen, was das für einer ist, ja? Stell dir einfach vor, du hast Eltern, die nicht möchten, dass da jemand kommt und ihnen wegnimmt, was sie lieben. Also sind sie ganz grantig und der Herr Liebhaber muss sich enorm anstrengen. Und wehe, der hat eine Lücke auf seinem Konto!«

Claire hob den Kopf. »Ich liebe ihn«, sagte sie. »Aber es geht nicht. Wir haben einen Tag miteinander verbracht, wir sind spazieren gegangen, es war alles so gut. Aber dann... Dann hat er mich gejagt.«

»Ohne zu wissen, wer du bist«, erinnerte Missis Jö.

»Ist das nicht egal? Ist das eine Entschuldigung?«

»Nicht wirklich«, gab Missis Jö zu. Sie wandte den Kopf, sah zum Fenster. »Unwissenheit schützt nicht vor Missis Jö«, murmelte sie.

»Du hast einmal gesagt, dass das Leben ein Märchen ist. Und Märchen sind grausam.« »Ja«, gab Missis Jö zu, »aber sie enden gut. Nur manchmal dauert es.«

Claires Hände lagen in ihrem Schoß. Sie berührten sich nicht. Aber sie bewegten sich, suchten einander.

»Du bist sicher müde?« Claire nickte. Missis Jö schaute zur Suppe. »Und das ist vegetarisch?«, stellte sie sicher. Nun lächelte Claire. »Ich bin hier nicht das erste Mal.« »Dann lass ich dich jetzt allein? Ich sage der Tanderville Bescheid, und Thimie wird auf dich aufpassen. Du bekommst das Zimmer im Stall, mit der Waldtapete. Nach der Suppe.«

Claire kauerte sich zusammen, sie sah aus, als würde sie frieren. »Ich werde dir noch eine Decke bringen lassen«, sagte Missis Jö. »Magst du Zebra?«

Sie verließ sie Küche. Frau Tanderville hatte gewartet, sagte: »Ich sehen ihr!« »Nach sie«, verbesserte Missis Jö. Frau Tanderville guckte kritisch, Missis Jö rauschte weiter.

Sie trafen sich im Kaminzimmer. Herr Tanderville war dabei. »Wir gehen in den Angriff«, kündigte Missis Jö an. Sie gab ihrer Stimme einen dunklen Klang: »In das Maul des Löwen!«

»Wohin?«, fragte Pierre.

Thimie flüsterte: »Der Löwe. Die Dorfkneipe.«

Medam Jö nickte grimmig. »Uhrenvergleich«, forderte sie. Herr Tanderville besaß eine, als Einziger. Also verglich er sie mit der Uhr an der Wand.

»Morgen Nachmittag«, bestimmte Missis Jö, »ist alles vorbereitet? Der Löwe hat die Flasche?« Herr Tanderville nickte. »Und die Beute ist im Wagen, die Batterien sind frisch?« Nun nickten sowohl Thimie als auch Robin. »Die Nebelkerzen sind eingepackt, das Seezeug habt ihr dabei?« Erneutes Nicken, dazu ein Knallen der Hacken. Thimie hatte Schuhe an, zeigte Haltung, legte die Hand an die rechte Schläfe. Robin stellte sich dazu, stand ebenfalls stramm und grüßte.

Missis Jö übersah es, blickte zu Pierre: »Wenn es danach losgeht, nimmst du den Blonden.«

Pierre hätte beinahe genickt, als Dritter im Bund, mit Gruß und Hackenknall. Dann aber bemerkte er, dass er der Einzige zu sein schien, der nicht eingeweiht war. »Wenn es wonach losgeht?«, fragte er.

»Halte dich einfach an Robin. Wenn alle wieder reinkommen und er sich den Pummeligen vornimmt, stellst du dich vor den Blonden. Damit ich Zeit habe für diesen Thom.«

Pierre schaute misstrauisch. »Ich weiß nicht, ob mir das recht ist.«

»Der gefällt dir doch besser als der Pummelige? Ich meine, der ist doch recht hübsch und es soll ja auch Spaß machen.«

»Hä?«

Thimie meldete sich. »Ich finde, Pierre kriegt den Pummeligen«, wandte er ein, »dann fühl ich mich sicherer.«

Pierre wedelte mit den Händen. Es war der Versuch, alles Gesagte fortzuwischen. »Kann mich mal jemand aufklären?« Missis Jö versprach: »Wir reden noch.« Dann schob sie nach: »Denk immer daran, du bist ein großer, starker Mann. Also bleib einfach in der Nähe von Mutter, sie ist behindert, da tut dir keiner was.«

Pierre verschluckte ein weiteres »Hä?«. Medam Jö hob ihren Gehstock, gab Pierre zu verstehen, dass er bei ihr in Sicherheit sei.

Missis Jö wandte sich an Robin: »Du gibst Thimie Bescheid, bevor du reinstürmst. Mutter sitzt an der Nordwand und klopft mit dem Stock, dreimal.« Robin deutete ein Lauschen an, mit dem Ohr an einer nicht vorhandenen Wand. »Und du achtest auf deine Kleidung und deine Gesundheit«, wurde Thimie ermahnt, »zieh dich erst aus, wenn Robin dir das Zeichen gibt.« Erneut sah sie zu Pierre. »Würdest du dein Gewand noch einmal anziehen?«

»Aber doch nicht in der Kneipe!«

»Nein, vorher.«

Pierre schüttelte den Kopf. »Das geht zu weit.«

Missis Jö wirkte unschlüssig. »Na gut. Es ist ja nur eine Möglichkeit, und es kann auch sein, dass es Unfug ist. Aber in deinem Traum, die Menschen, die dich nichts angehen... Und dann gehen sie dich an. Und du bleibst bei dir, so war das doch?«

Thimie grinste. »Er hat Angst.« Nun wurde Pierre wütend. »Magst du Kleidung?«, fragte er.

»Bei dir sieht es gut aus.«

»Herr Pierre, es ist Ihre Entscheidung.« Medam Jö fuhr ihren Rollstuhl vor, stoppte ihn kurz vor dem Sessel, in dem Pierre saß: »Aber Sie würden mir einen Gefallen tun.«

Pierre war beeindruckt. Er schaute zu der alten Dame, Medam Jö erwiderte seinen Blick. Dann drehte sie ihren Rollstuhl, lenkte ihn zur Tür. »Es soll genug sein. Es ist spät.« Missis Jö seufzte. Sie sah zu Thimie:

»Du schaust nach Claire?« Thimie stand auf, zwinkerte zu Pierre und verschwand. Medam Jö folgte, rollte in ihr Zimmer. Robin nahm Missis Jö an die Hand, zog sie mit sich. Herr Tanderville sah nach dem Feuer.

Pierre blieb sitzen. Er hatte noch Fragen.

Herr Tanderville schloss leise die Tür, um ihn nicht beim Denken zu stören. Missis Jö kam nicht zurück. Nach einer knappen Stunde hatte das Feuer im Kamin kein Holz mehr und ging schlafen.

»Na gut«, murmelte Pierre, »warum nicht?«

Er schwieg, dann fragte er: »Und warum?« Die Antwort ließ auf sich warten. »Weil es eine Möglichkeit ist... Oder Unfug. Weil ich weiß, was ich will, und das hat bisher nicht viel gebracht. Vielleicht stimmt es ja, ich habe Angst. Viertes Semester, die paradoxe Intention, vor einer Angst kannst du weglaufen oder du läufst hin.«

Es wurde kalt im Kaminzimmer. Pierre dachte an Medam Jö. »Aber wenn Sie meinen...«

Der Morgen kam, brachte Aufregung mit. Eine stille Sorte, die wartete. Am späten Nachmittag saßen die Jös und Pierre im Auto, fuhren zum Löwen. Pierre trug sein Gewand, dazu etwas Stolz, der half, den Kopf hoch zu halten, und in den Taschen eine Portion Mut, die sich allerdings schon auf der Hinfahrt zu großen Teilen aufbrauchte.

»Herr Je«, rief Missis Jö, »das habe ich vergessen.« Sie sah zu Pierre, grinste: »Ich wollte doch noch mit dir reden.«

Es kam wie erwartet. Vorerst...

Missis Jö betrat den Löwen, hielt die Tür auf, Medam Jö fuhr herein. Die Kneipe war gut besucht, Medam Jö steuerte ihren Rollstuhl zu einem Tisch in der Nähe der Tür, es brauchte keine Worte. Zwei Männer standen auf, gaben den Tisch frei.

In der Nähe der Theke saß Thom mit seinen Freunden. Sein Gewehr lehnte an der Seite der Bank, auf der er saß. Missis Jö sah es und nickte zufrieden.

Thom sah Missis Jö. Sein Gesicht verfinsterte sich. Nun hatte Pierre seinen großen Auftritt. Er betrat den Löwen, im Zaubergewand, rasiert. Thom grinste. »He!«, rief er: »Was ist denn das für eine Vogelscheuche!«

»Aha«, sagte Missis Jö, »der junge Mann kann Feldgegenstände erkennen. Und er fürchtet sich nicht, er hat sein Gewehr dabei.«

»Was wollen Sie von mir? Lassen Sie uns in Ruhe.«

Missis Jö zog einen Stuhl heran, setzte sich an Thoms Tisch. »Reden«, sagte sie, »ich will nur reden.«

Pierre ging zu Medam Jö, stellte sich hinter ihren Rollstuhl. »Aber ich will nicht reden«, sagte Thom.

Nun wurde Missis Jö zahm und freundlich wie das Wetter im April – an den guten Tagen. »Ich weiß, ich war etwas stürmisch, junger Mann, aber Sie sind doch nicht nachtragend?« Sie hob die Hand, winkte zum Wirt. »Von dem Roten bitte!« Sie lächelte, erklärte: »Einmal zur Versöhnung, und dann versuchen wir mal beide, vernünftig zu sein.«

»Und wenn mir nicht danach ist?«

Missis Jö blieb freundlich, zumindest ihre Stimme blieb es: »Ich hoffe, das ist kein Grundzustand.«

Der Wirt kam, stellte zwei Gläser hin. »Und wir?«, fragte der Pummelige. Pierre schaute zum Blonden. Es stimmte, er sah nicht schlecht aus.

»Noch zwei Gläser«, forderte Missis Jö und bekam sie. Der Kirschschnaps wurde eingeschenkt, Thom brummte: »Na gut«, gemeinsam wurden die Gläser gehoben, der Schnaps wurde gekippt, dann sah man drei Männer, die feurige Augen bekamen. Der Blonde hustete, der Pummelige schnappte nach Luft, Thom keuchte und Missis Jö strahlte, als habe sich die Welt für einen ewigen Sonntag entschieden.

Pierre stellte fest, dass es unmöglich der Kirschschnaps sein konnte, den er mit Missis Jö getrunken hatte. Den hatte sogar er gut vertragen. Bis auf die Folgen am nächsten Morgen...

»Das reinigt«, sagte Missis Jö, »gleich noch mal!«

Die Tür öffnete sich. Ein Mann trat ein. Missis Jö verzog den Mund. »Das ist nicht geplant«, murmelte Medam Jö.

Der Mann sah sich um, begrüßte einige der Gäste, sah Pierre, maß ihn von oben bis unten ab, murmelte etwas, das nicht zu verstehen war, dann sah er Missis Jö, neben ihr Thom.

»Jeremias Hochstein«, sagte Missis Jö, wobei sie auf jede Silbe achtete. Der Mann starrte sie nur an, entschied nicht zu antworten. Er wandte sich ab, wählte einen Tisch im hinteren Bereich.

Thoms Augen zeigten Hass. Seine Hand krampfte sich um sein Glas, der Wirt schenkte ein. Missis Jö sah zu Medam Jö, erhielt ein Nicken. Sie gab es kaum merklich zurück.

»Sie kennen ihn?«, fragte Thom. Missis Jö antwortete: »Nein.« Sie sah zum Hochstein. »Es gibt auch Leute, die ich nicht kenne.« Thoms Mund zeigte ein schmales Lächeln. »Da haben wir zumindest eines gemeinsam.«

Missis Jö nahm ihr Glas. »Lassen wir uns den Abend nicht verderben«, meinte sie, »vergeben wird uns morgen.« Sie lachte, prostete: »Auf einem Bein kann man stehen.« Dann fügte sie hinzu: »Aber das hält man nicht lange aus.«

Der Pummelige wehrte ab: »Ich hab erstmal genug.« Der Blonde biss die Zähne zusammen. Drei Gläser stießen an, kippten ihren Inhalt in Kehlen, davon zwei sofort protestierten und eine genoss.

»Das ist doch besser als lange Gespräche«, freute sich Missis Jö, sah erneut zum Hochstein, »da möchte man glatt drei Beine haben.«

Wieder schenkte der Wirt ein, stoisch, ein Meister seines Berufes, wieder floss das Rot in die Gläser – Pierre schob den Kopf vor, sah genau hin. Thom und der Blonde bekamen den Schnaps über das Etikett eingeschenkt, Missis Jö über den Rücken der Flasche?

Pierre nickte unmerklich. Es vermutete einen Mechanismus, zwei Flüssigkeiten, und je nachdem, wie die Flasche gehalten wurde, schenkte sie aus. Ja... So war es möglich, dass Missis Jö wegkippte, was die jungen Männer umhaute. Es war nicht fair, aber wirksam.

Der Blonde setzte aus. Er hob die Hände, gab zu, dass ihm die Übung fehlte. »Was soll das?«, fragte Thom, »sollen wir abgefüllt werden?« Missis Jö nickte. »Ich liebe junge Männer, besonders unter dem Tisch.«

Thom hob das Glas, zeigte Kampfeswillen, allerdings durchsetzt. Missis Jö trank, meinte: »Puh, ist das ein Teufelszeug«, und strahlte Thom an.

Nun trank auch Thom, mühte sich, keine Miene zu verziehen, nur war sein Gesicht dagegen.

»Einmal noch?«, freute sich Missis Jö.

Thom riss dem Wirt die Flasche aus der Hand, schenkte sich ein. Er reichte Missis Jö die Flasche, sie grinste. Pierre sah genau hin, sie griff die Flasche so, dass es nur ein Kippen brauchte und der Schnaps goss sich in ihr Glas, über den Rücken der Flasche.

Sie tranken. Thom fluchte, nachdem er wieder Atem besaß. Seine Augen zeigten Wirkung. Missis Jö nickte, erst zu sich und dann zu ihrer Mutter. Medam Jö nahm ihren Gehstock, klopfte gegen die Wand, dreimal. Sie erhielt fragende Blicke. »Da war Dreck am Stecken«, erklärte sie, dann wurde die Tür aufgerissen und Robin stürzte herein.

Er begann sein Theater, legte sich die Hände an den Kopf, zeigte Entsetzen, ging auf alle Viere, wurde zum wilden Tier, dass sich gehetzt umsah, dann fletschte er die Zähne, ging zum Angriff über...

Ein Heulen tönte durch das Dorf. »Das ist ein Wolf«, keuchte Missis Jö.

Thom griff zu seinem Gewehr, er stand auf, taumelte kurz, dann rannte er zur Tür, auf die Straße. Wieder ein Heulen, ein dunkles Etwas auf vier Beinen huschte in eine Gasse zwischen den Häusern. Thom folgte, bog um die Ecke, Nebel stieg auf, umhüllte das Etwas, dass nun bereit stand, Thoms Angriff zu begegnen, mit rot glühenden Augen.

Thom blieb ruhig. Er entsicherte das Gewehr, legte an, schoss. Das Etwas wurde nach hinten gestoßen, fiel um. »He! Welcher Idiot war das?«, hörte er eine helle Stimme, »du hast meinen Teddy erschossen!«

Hinter Thom sammelte sich die Menge. Medam Jö fuhr herbei, gefolgt von Pierre, der ihr geholfen hatte, die Stufe zur Straße zu bewältigen. Sie kümmerte sich nicht um Beine, die angestoßen werden mussten, um Platz zu machen.

Der Nebel lichtete sich. Ein Junge lief herbei, schon älter, im Matrosenanzug mit kurzer Hose, knielang. Er rannte zu einem riesigen Plüschteddy, der hilflos am Boden lag, mit erloschenen Elektroaugen. Er riss ihn hoch, umschlang ihn mit seinen Armen. Wütend starrte er Thom an. »Was bist denn du für ein Spinner«, beschwerte sich der Junge, »was hat dir mein Wotan getan?«

Medam Jö war dran. »Lothar!«, rief sie, drehte den Kopf zu Thom und schnauzte ihn an: »Sind Sie verrückt? Wenn dem Jungen etwas passiert wäre!«

Thimie lief zu ihr. Er weinte, es war ungewöhnlich für einen Jungen seines Alters. Medam Jö barg ihn in ihren Armen. Es war ein vollkommenes Bild, eine alte Dame im Rollstuhl mit weinendem Knaben, von der Seefahrt heimgekehrt.

»Was hat Ihnen mein Neffe getan?«, fauchte Medam Jö. »Er kann doch nichts dafür, dass er so ist! Haben Sie etwas gegen Behinderte?«

»Das muss aufhören«, meldete sich eine Stimme. »Macht denn hier jeder, was er will?«, beschwerte sich eine andere, schon lauter. »Es gibt hier neuerdings Sonderrechte«, zischte eine Frau.

Thom torkelte. Er drehte, wortlos bahnte er sich seinen Weg durch die Menge. »Der Mann, der den Teddy erledigt hat«, höhnte es. Eine Frau bekreuzigte sich. »Gott schütze uns«, hauchte sie, als Thom an ihr vorbei ging.

Missis Jö stand vor der Tür zum Löwen. Thom gab ihr einen Blick, der kalte Wut zeigte. Er betrat die Kneipe, andere folgten. Pierre half Medam Jö über die Stufe.

»Vorhang zu«, flüsterte Missis Jö, »das war der erste Akt. Aber der zweite wird schwieriger.« Sie horchte in sich hinein, sah zu ihrer Mutter. »Ich habe eine Ahnung«, sagte sie, »und sie gefällt mir nicht.«

* * *

Blutiger Dienstag

»Hat die Küche noch auf?«

Medam Jö fragte Pierre. Pierre ging zum Tresen, gab die Frage weiter. Er erhielt einen Blick, der stellvertretend für eine größere Zahl Worte auf die Uhrzeit verwies, sowie auf die besondere Situation des Abends, immerhin wurde ein Teddy abgeschossen. Dann sah ein zweiter Blick zu Medam Jö und der Wirt meinte: »In diesem Fall, ja.«

Er legte das Handtuch zur Seite, mit dem er Gläser geputzt hatte, ging zum Tisch der Medam Jö. Lucky mahnte Pierre sich anzuschließen, es war ein bedeutendes Gespräch zu erwarten.

Der Wirt bot Schnitzel an, allerdings aus der Fritteuse, Fertigtoast, aus einem Chemiewerk, wie er behauptete, und lobte die Mettwurst vom Hof des Rupertschen. Es gab sie mit Gurke und frischem Brot. Medam Jö bestellte: »Dann bitte zweimal.«

Thom saß an seinem Tisch, nur noch der Blonde war bei ihm. Missis Jö kam, setzte sich kurz zu Medam Jö und Pierre, erklärte: »Ich habe Robin losgeschickt.« Medam Jö nickte zustimmend. »Und Thimie ist mitgefahren, ich will ihn aus der Schusslinie haben.« Wieder ein Nicken. Missis Jö stand auf, holte Atem, meinte noch: »Ab zur Inquisition«, dann steuerte sie auf den Tisch des Hochstein zu.

Er war als Einziger nicht mit auf die Straße gestürmt, saß an seinem Tisch, starrte auf sein Glas, den Mund zusammen gekniffen, als gelte es, der Welt und ihrer Bosheit zu trotzen — und der eigenen Hilflosigkeit.

»Es ist lange her«, grüßte Missis Jö. Sie beugte sich vor, legte beide Hände auf den Tisch, nahm ihn ein und fragte: »Darf ich?«

Kurz schaute der Hochstein auf. Er antwortete nicht. Missis Jö setzte sich. »Die Frage ist, wie das weiter gehen soll?«, sagte sie.

»Es geht nicht weiter«, brummte der Hochstein.

»Feiner Gedanke, aber doch ein bisschen zu theologisch, oder?«

»Ich habe um meine Versetzung gebeten.« Er hob den Kopf, sah zu Thom. Er wusste also Bescheid.

»Weglaufen?«, fragte Missis Jö. Sie schob die Hand vor, legte sie auf die Hand des Priesters. Pierre trat einen Schritt vor, stellte sich neben Medam Jös Rollstuhl. »Nein«, sagte Medam Jö, »keine zweite Hand. Meine Tochter schafft das allein.«

Der Hochstein blickte auf die Hand der Missis Jö. Er ließ die Berührung zu. »Sie wissen natürlich wieder alles?«

»Ach Herr Je! Dann würde ich sofort Lotto spielen.«

Kurz lächelte der Hochstein. »Ich habe versagt«, meinte er, »schafft Ihnen das nicht Genugtuung?« Er zögerte, dann schob er nach: »Alte Feindin.«

Missis Jös Augen schauten mit Liebe. »Mein Kind«, sagte sie.

»Kräuterhexe«, flüsterte der Hochstein, als tausche er Karten mit Missis Jö, als folge er einem alten Spiel, und du kannst nicht immer gewinnen.

Thom wandte den Kopf. »Was tuschelt ihr da?« Er stand auf. »Habt ihr euch gefunden, alte Frau und heiliger Vater?« Er betonte das Wort Vater, mischte es an mit Verachtung

Missis Jö sah zu ihm. »Nein«, sagte sie, »wir suchen noch.«

Thom torkelte näher. Der Kirschschnaps hatte seinen Kopf erreicht, spielte Fangen mit seinem Gleichgewicht. »Und wenn es so wäre?«, fragte Missis Jö. »Was ist schlecht daran, wenn zwei Menschen sich finden?«

Thom warf sich auf einen Stuhl. »Was dabei rauskommt«, sagte er. Er fixierte den Hochstein. »Oder?«

Es war still. Der Hochstein gab keine Antwort. Thom grinste. »Was für ein elendes Stück Scheiße!« stellte er fest. »Du bist es nicht wert, dass ich...« Er unterbrach, sah zu Missis Jö.

»Wer sind Sie?«, fragte er.

»Leider nicht alles, was ich mir wünsche«, antwortete Missis Jö.

»Und was wünschen Sie?«

Missis Jö überlegte. Dann zog sie die Schultern an, sagte: »Wenn eine Fee käme und ich hätte einen Wunsch frei, nur einen...«

»Was ist dann?« lallte Thom.

»Ich würde mir wünschen, dass es möglich wäre, an der Zeit zu drehen. Ohne dass der Zeiger klemmt.« Sie sah zu Thom, seufzte : »Aber es ist Quatsch, so geht das nicht.«

Thoms Hirn mühte sich zu verstehen. Der Hochstein sagte: »Ja, es geht nicht.« Er senkte den Blick. »Es geht nicht rückwärts.« Thom ruckte mit dem Kopf, starrte ihn an.

»Und damit müssen wir leben«, sagte Missis Jö. Sie plauderte drauf los. »Ich habe zuhause eine Kuckucksuhr, damit hab ich es mal versucht. Es hat nicht funktioniert, zum Glück! Aber das muss man erst einmal verstehen! Ich hab die Zeiger abgeschraubt und dann wusste ich, was ich falsch gemacht habe. Es war nicht die Kuckucksuhr, sie hätte es geschafft. Ich habe nicht funktioniert!«

»Sie spinnen doch«, stellte Thom fest.

»Ja«, nickte Missis Jö, »aber wenn es ginge... Dann gäbe es dich nicht.«

Thom zog die Stirn kraus. Der Hochstein kniff die Lippen zusammen. »Also doch«, murmelte er. Missis Jö nickte freudig, dann drehte sie sich, rief über ihren Stuhl: »Pierre, das müssen wir uns merken! Die Zeit zurückdrehen — das ist nicht gut.«

»Was?« rief Pierre zurück.

»Na, wenn jemand kommt und das wünscht«, schrie Missis Jö durch die Kneipe, »dann wird das schwierig. Du bist doch ein Fee. Dann musst du sagen, dass das nicht drin liegt.«

Pierre lachte, dann sah er eine Wand. Sie knallte gegen ihn, erschlug sein Lachen. Sie öffnete sich, er schwebte, sah, wir er aus sich heraus stieg, mit Flügeln auf seinem Rücken und Flatterärmeln...«

»Ich bin ein... Fee?« keuchte er.

»Ja«, strahlte Missis Jö, »jetzt haben wir es.«

Thom stand auf. »Verrückte«, stammelte er, »alles Verrückte.« Er sah zum Hochstein. »Du bist schuld!« Er atmete schwer, presste Worte heraus: »Weil du geil warst und dein Gott war es auch!«

Der Hochstein sah zur Tischplatte, sein Gesicht zog sich zusammen, er kämpfte. Aber er hatte verlernt zu weinen. Er hatte verlernt sich zu zeigen. Weil es nicht hilft, weil niemand hört, weil es entschieden ist, längst. Keine Gnade. Nicht vor dem Vater, nicht vor dem Sohn.

»Vergib mir.«

»Was«, schrie Thom, »dass ich leben muss?« Er rannte zu seinem Tisch, nahm das Gewehr, entsicherte es.

»Nicht!«, rief Missis Jö, »du hast schon einen Teddy auf dem Gewissen.«

»Witzig«, zischte Thom.

»Ich möchte nicht, dass mein Mettwurstbrot vergessen wird«, hallte die Stimme der Medam Jö durch die Kneipe. Pierre ging einen Schritt vor. Dann bemerkte er, dass er einen Schritt vorgegangen war. Er wollte etwas sagen, aber seine Lehrbücher schwiegen. Nein, sie laberten — von Grenzfällen, von Schuld, abendländischer Tradition und sexueller Freiheit, die Begriffe jagten durcheinander wie Düsenjäger mit besoffenen Piloten, knallten gegeneinander.

»Haben Sie einen Wunsch?«, rief er.

Thoms Kopf ruckte herum. »Ach, die Tunte möchte auch mitspielen?«

»Ich bin keine Tunte, ich bin eine...«

Pierre erinnerte Missis Jös Worte, korrigierte: »Ich bin ein Fee! Männlich!«

»Prima«, nickte Thom, »dann wünsche ich noch viel Glück.«

Missis Jö stand auf. »Ja«, begeisterte sie sich, »genau so! Ein Fee bringt Glück. Du musst es nur zulassen.«

»Okay«, höhnte Thom, »dann mal los. Ich wünsche mir Glück.«

»Ja!«, rief Pierre. Er schloss die Augen, ballte die Hände zu Fäusten, legte den Kopf in den Nacken und wünschte.

Die Tür öffnete sich. Robin trat ein, schaute sich um, hob die Augenbrauen, wedelte mit der Hand, um ein heftiges Aua auszudrücken.

Claire folgte.

Sie sah zu Thom, sah das Gewehr, fragte: »Willst Du schießen?«

Pierre griff einen Stuhl, setzte sich, erschöpft von seiner Leistung. Medam Jö knirschte: »Wo bleibt das Mettwurstbrot!« Der Hochstein sah von seiner Tischplatte auf, begann ein Gebet: »Vater unser, der Du bist im Himmel...«

»Jetzt nicht«, zischte Missis Jö, »später!«

Claire näherte sich Thom. »War es dir ernst? Was du erzählt hast...? Dass du nicht weißt, ob es möglich ist? Das andere Leben? Es gibt einen Knall und alles ist fort, alles ist anders?«

Thom schwieg.

»Du hast gesagt, dass es der Wald sei. Und dass ich es sei. Alles andere verschwindet, aber du wolltest nicht sagen, was das ist. Das Andere.«

Niemand rührte sich. Die Kneipe starrte zu Claire und Thom.

»Ich habe gesagt, dass es mir genauso geht. Dass ich manchmal nicht weiß, welches Leben ich lebe, leben will. Du warst mir so nah.« Sie lächelte. »Und du hast mich Reh genannt. Weil ich so zart bin, hast du gesagt. Und weil meine Augen braun sind und so groß. Du hast mich verstanden, nur... Ich wusste es noch nicht. Dass du...« Claires Hand streichelte Thoms Gesicht. »Dass du ein Ungeheuer bist. Ohne es zu wollen. So wie ich. Ich habe nie entschieden, wer ich bin. Ich bin es nur. Ich laufe und fliehe und...« Sie unterbrach, sah zu Missis Jö. »Wir entscheiden nicht, was wir sind. Wie lange habe ich gebraucht, das zu verstehen.«

Erneut sah sie zu Thom. »Ich bin es. Ich bin das Reh, dass du jagst.«

Thom weinte. Er weinte mit starrem Gesicht, ohne Tränen. »Wenn es links rauskommt, nur links«, flüsterte Missis Jö.

»Wir sind uns nah«, sagte Claire, »es war nur ein Tag, ein einziger Tag, doch du hast es gewusst und ich habe es gewusst.«

»Es wird nicht gehen«, murmelte Thom.

»Du machst mir Angst. Aber ich will nicht zulassen, dass du...«

»Nein!«, begehrte Thom auf: »Es wird nicht gehen!«

Claire schwieg. Thom starrte sie an, hob die Hand, streichelte ihr Haar. »Du bist wunderschön«, sagte er. Dann drehte er, hob das Gewehr, richtete es auf den Hochstein.

»Jetzt beten!« rief Missis Jö. Sie trat vor, stellte sich zwischen Gewehrlauf und Priester. »Junger Mann, es ist möglich«, mahnte sie mit eindringlicher Stimme, »es ist nicht gut, die Zeit zurück zu drehen, aber es geht – in die andere Richtung. Das muss man nur merken!«

»Aus dem Weg, kleine Frau!«

»Ich wünsche meine Mahlzeit zu erhalten«, forderte Medam Jö.

»Thom, komm mit mir in den Wald. Ich will dir etwas zeigen.« Claire streckte die Hand aus. »Bitte...!«

»Gehen Sie aus dem Weg«, sagte der Hochstein. Er stand auf. Missis Jö machte ein unwilliges Gesicht, versuchte sich größer zu machen. Der Hochstein trat vor den Tisch, schob Missis Jö zur Seite. »Es ist richtig so. Es wird Zeit.«

»Für die Hölle?«, fragte Thom.

»Nein, da war ich schon.«

Der Hochstein stand vor seinem Sohn, als gäbe es kein Gewehr, keinen Hass, als spräche er mit einem Sünder, der das Portemonnaie seiner Mutter ausgeräumt hat, aber mit etwas Reue und einigen Ave Maria wäre die Welt wieder in Ordnung.

»In der Hölle war ich lange genug. Es ist gut, dass du hier bist. Ich will es endlich wissen. Ich will vor meinen Schöpfer treten. Ich will aufhören, ohne Antwort zu leben. Du sagst, du hättest gelitten? Ja, du hast ohne Schuld gelitten, in meiner Schuld, und nun verlangst du sie – deine eigene Schuld.«

Er sah zu Thom, ohne Angst. »Aber ich vergebe dir. Ich kann mir nicht vergeben, aber...« »So ein Unfug!« schimpfte Missis Jö. »Er verlangt seine Schuld, hä? Und er kriegt eine Vergebung, so kriegt er sie doch nie!«

»So wie ich mein Mettwurstbrot«, tönte die Stimme der Medam Jö.

Missis Jö nickte. »Na gut«, sagte sie. Sie sprang vor, griff nach dem Gewehr, riss es herum. Ein Schuss löste sich, hinter Pierre spritzte Holz, dann folgte ein zweiter Schuss, Medam Jö zuckte, griff sich an die Brust. Entsetzt starrte Pierre zur alten Dame, sah Blut.

Medam Jö lächelte, mit aufgerissenen Augen. »So ist das also«, keuchte sie. Sie drehte den Kopf, sah zu Pierre: »Sie schaffen doch auch zwei Brote?« Ihre Augen wurden trüb. Dann schlossen sich ihre Lider, der Atem setzte aus.

»Das wollte ich nicht«, stammelte Thom, »das...«

Missis Jö stand starr, sagte: »Ich habe es gewusst. Dass es ein Dienstag sein würde.« Langsam ging sie zu Medam Jö, kniete vor dem Rollstuhl. »Und dass sie gerne etwas essen würde, vorher«, flüsterte sie.

Medam Jö war tot.

Robin stand in der Tür, in der Hand einen kleinen Beutel, darin eine rote Flüssigkeit. Seine Augen zeigten Tränen, nicht aufgemalt. Er klatschte sich den Beutel vor die Brust, sein Hemd färbte sich rot. Er starrte auf seine Hand, dann zu Medam Jö, als könne er nicht begreifen.

Claire ging zu Thom, nahm ihm das Gewehr aus der Hand, schlug ihm ins Gesicht. Der Hochstein flüsterte: »Vater, was habe ich getan?«

»Es gehen nicht alle Wünsche in Erfüllung.« Missis Jö schaute zu Pierre, ihre Augen zeigten Wasser, beide Augen. Auch das rechte Auge weinte. »Aber das ist nicht deine Schuld«, tröstete sie Pierre, »jeder geht seinen Weg.«

Sie streichelte die tote Hand der Medam Jö, beugte sich vor, legte die Wange an das Gesicht der alten Dame, die noch immer lächelte.

»Ist dir eng geworden?«, fragte sie. »Aber, Mutter, du hättest doch nur was sagen müssen.«

* * *

Schrei zum Himmel

Missis Jö hatte sich Zeit ausgebeten. Pierre sah sie nicht, sie öffnete nicht die Tür, er klingelte nicht.

Pierres Konto besaß Geld. Er bezahlte die ausstehende Miete für seinen ehemaligen Pferch, kaufte Bettwäsche ohne Löcher, einen Bilderrahmen, noch ohne Bild. Er holte nach, was zuvor nicht möglich war. Er gönnte sich einen türkischen Friseur, der mit dem Faden die Rasur vollendete und die Haare in den Ohren weg brannte. Er ging in Herrengeschäfte und fand nur Unterwäsche. Alles darüber hinaus besaß eine Fantasie, die sich faul an das Gewöhnliche lehnte und dennoch behauptete, dass sie fleißig sei.

Kleidung, die von Grenzen erzählt.

Nicht geeignet zum Fliegen. Massenware, bemüht aufzufallen. Oder teurer, schlicht, das Besondere drängt sich nicht auf, also triffst du dich mit Eingeweihten, die die verborgenen Etiketten zu lesen vermögen...

Thimie findet Kleidung unanständig.

Wieder kehrten Pierres Gedanken zurück zu Medam Jös Tod, dem Theater zuvor, mit Wolfsgeheul, einem Plüschteddy mit Leuchtaugen und einem Jungen im Matrosenanzug.

Das Seezeug...

So hatte es Missis Jö genannt. Thimies Maskerade... Eine knielange Hose ist schneller anzuziehen als eine enge Jeans. Damit der kleine Junge sofort auf seinen Teddy zustürmen kann, nachdem er den Jäger in die Gasse gelockt hat, sich zurück verwandelt hat.

Der heulende Wolf...

Thimie?

Und er, Pierre, war ein Fee? Aber noch misslang das Wünschen...

Pierre erinnerte Claires Worte: »Ich bin das Reh, dass du jagst.«

Überall Wahnsinn. Wer sich dazu hockt, sollte vorsichtig sein. Hausputz hilft, oder eine Überzeugung, irgendeine, Hauptsache, du bist überzeugt. Wer genügend labil ist, könnte erwischt werden. Und auf Betten steigen, um fliegen zu lernen.

Heimlich, vorerst.

Der Parka kam auf den Müll. Er war zu alt, ihn noch zu verschenken, Pierre hätte draufzahlen müssen. Er gönnte sich einen Mantel, lang und schwarz, passend zur ersten Wirklichkeit, geeignet für die Not eines weiteren Vorstellungsgespräches, demnächst in einer anderen Küche. Pierres nächstes Gehalt würde keinen Grund besitzen. Er hatte nichts zu tun, seit Tagen.

Er erhielt die Einladung mit der Post, handgeschrieben. Der Sonnenbein übergab sie persönlich, sprach sein Beileid aus. »Wegen des Trauerrands«, erklärte er. Dann meinte er noch: »Ich wusste ja, dass wieder mal etwas passieren würde, aber dass Sie gleich hier einziehen...«

In drei Tagen sollte der Abschied sein. Keine Beerdigung, ein Abschied. In einem Steinbruch in der Nähe des Odentals. Pierre sollte sich an die Hessensteins wenden, sie würden ihn mitnehmen.

Noch drei Tage...

Thimie war bei Robin geblieben. Pierre vermisste ihn. Das Haus war so still, ihm fehlte, dass Thimie kam, ihn durcheinander brachte. Manchmal rannte Pierre von einem Zimmer in das andere, redete mit sich, aber die Antworten blieben aus. »Der Fee, der versagt hat«, nannte er sich. Er zog das Gewand an, kletterte auf sein Bett und sprang — es zog ihn zur Erde, trotz Flatterärmeln.

Der Lutscher wirkte nicht mehr. Es war nur die Außenschicht, die Träume brachte – so wie Missis Jö es gesagt hatte. Doch Pierres Traum war fertig, er wusste nun, wer er war.

Wissen ist kein Verstehen.

Pierres Leben hatte sich geändert, seit er zur Wohnung der Missis Jö hochgestiegen war, von normal mit Abstrichen hin zu wild und fragwürdig, ja — es war alles so wunderbar fragwürdig geworden.

Und nun still, tobend still. Die Zeit schlich dahin, Pierre versuchte sie zu füllen, mit dem Kauf von Kleidung, mit ausstehenden Rechnungen und Gedanken, die er in die Ecken seiner Fragen schickte, um sie zu untersuchen, immer wieder...

Medam Jö war tot.

Können Geister sterben? Ja, sie können sich geben. An dem Tag, der ihnen bestimmt ist. Auf einmal ist der Schrank leer, du könntest zwei Mettwurstbrote essen, aber sie werden nicht mehr geliefert.

Und sogar Lucky ist still.

Der Breitenkopf hat sich eingemischt. Der Klärmann hat es berichtet. Pierre traf ihn in der Nacht, auf dem Weg hoch zu Missis Jös Wohnung. Nicht um zu klingeln, nur um zu schauen, ob die Tür geschlossen ist, oder angelehnt.

Der Schuss war ein Unfall. Aber auch Unfälle sind nicht erlaubt. Niemand darf sein Gewehr auf Priester richten, besondere Umstände hin oder her.

Dann sagte der Klärmann noch: »Der Abschied ist bei Tag, ich weiß nicht, ob ich das schaffe.«

Pierre hatte überlegt, zum Hof der Jös zu fahren, aber was sollte er dort? Mit Robin reden? Mit Thimie...

Er fuhr nicht. Dachte er an Thimie, fühlte er sich wie ein Fremder. Horchte er weiter in sich hinein, vernahm er Schuld — eine dumme Schuld, aber sie war zu hören.

Verstehen bedeutet nicht, dass wir klug sind.

Der Fee hatte versagt. Pierre hatte einige Tage mit den Jös gelebt, nun war es vorbei. Nähe wird zur Erinnerung, sie misstraut. Sie genügt nicht, reicht nicht aus, um mit Thimie über seine Großmutter zu sprechen.

Nein, über seine Mutter.

Was sollte Pierre reden? Oder schweigen, und dann tropft die Zeit dahin, will nicht fröhlich werden.

So ist das. Wenn du Wünsche erfüllen kannst, aber du musst noch die Zeiger finden, um die Zeit voran zu drehen. Die Zeiger der Kuckucksuhr oben im Hausflur des fünften Stocks. Wo hat Missis Jö sie versteckt?

Die Zeit zurückdrehen. Das schafft auch ein Fee nicht.

Er dachte an Thom und Claire. Das Ungeheuer und das Reh... Und kein happy end? Der Tod der Medam Jö hätte es verdient. Doch nicht jeder Lohn wird ausgezahlt. Wenn es einen Gott gibt, dann ist er manchmal pleite.

Der Hochstein... Versetzt, aber nicht erlöst.

Frau von Hersfeld... Sie sucht ihren Grafen. Weil er ungefährlich ist? Er liebt Seinesgleichen.

Ein Zugeständnis. Eine Ablenkung, sie tritt gegen die Zeit an. Gegen die Gewalt, die Leben schafft, ungefragt. Sie wird scheitern. Aber zuvor ist es möglich, gemeinsam das Glas zu heben, die Welt zu beplaudern, dabei an Hummerstückchen zu nagen, ohne Husten. Dann geht es in die getrennten Schlafzimmer, morgen in die Oper.

Wieder dachte Pierre an Thimie. »Ich werde auf dich aufpassen«, murmelte er, »so gut wie es mir möglich ist. Dass da keiner kommt und versucht, dich zu erlösen.«

Er dachte an sich, er seufzte, schob nach: »Da muss ich mich auch noch drum kümmern. Da ist es andersrum.«

So vieles, das sich geändert hatte...

Pierres Bart war nachgewachsen. Er hatte es erlaubt. Aber nicht mehr überall. Morgens ging Pierre ins Badezimmer, rasierte die Oberlippe, die Wangen, den Hals. Ein schmaler Streifen von den Koteletten zum Kinn durfte stehen bleiben, so hatte es der türkische Friseur entworfen und so war es gut. Pierre war ein männlicher Fee, und man weiß ja, dass die eigen sind. Oder man vermutet es, wenn das Wissen fehlt.

Ob er der einzige Fee der Welt war? Bestimmt nicht. Welche Art Bart mochten die anderen tragen? Oder war Bart unfeelich...?

Egal.

Pierre gefiel sich, zumindest ein wenig, das war neu. Wie hatte der Klärmann gesagt? »Da versammeln sich alle Freaks der Erde, ich denke, ich geh da nicht hin.«

Er, Pierre, wartete auf den Tag. Der Tag des Abschieds...

Dann war es so weit. Pierre hatte die Nacht kaum geschlafen. Die Hessensteins nahmen ihn mit. Es war möglich, über eine hintere Straße bis auf die Höhe des Sreinbruchs zu fahren. Dort waren Tische aufgestellt, mit Kaffee, Streuselkuchen und Frikadellen. Erste Trauergäste waren bereits eingetroffen, Missis Jö sprach mit ihnen, sah Pierre, lief auf ihn zu:

»Das ist so schön, dich zu sehen! Warum hast du nicht mal geklingelt? Ich habe gedacht, ich lass dich in Ruhe, aber ich habe mir Sorgen gemacht, wirklich!«

»Ich habe Fliegen geübt«, antwortete Pierre.

Missis Jö legte den Kopf schief, sah zu ihm hoch zu. »Wir umarmen uns später mal, ja?« sagte sie. Pierre entschied, dass es gleich besser war.

Weitere Gäste kamen. Missis Jö löste sich, begrüßte sie. »Bleib in der Nähe«, bat sie Pierre, »ich kann bald nicht mehr, dann musst du weitermachen.« Die Gäste stellten Salate ab, beluden die Tische mit eingelegten Früchten und kalter Wurst. Getränke wurden aus Kühltaschen gezogen, aufgestellt, ein großer, tätowierter Mann, einzig mit einem Fell bekleidet, hackte Eis. Stühle wurden aus den Wagen geholt, eine Frau schleppte ein Cello, ein kleines Mädchen stellte sich mit einer Posaune zu ihr, sie sprachen miteinander, lachten, ein hagerer Junge baute ein Schlagzeug auf.

Der Breitenkopf stieg von einem Moped, schnallte den Helm ab. Er sah Pierre, hob die Hand und grüßte. Die Liebherr stand neben einer Frau mit großer Hakennase und einem Kopftuch, das ihre Haare verbarg. Es sah aus, als würden sie streiten.

Ein Traktor fuhr vor, er zog einen Zirkuswagen. Er hielt an, aus dem Wagen quollen die Kinder der Tandervilles, gefolgt von der Mutter. Claire stieg aus, sah sich unsicher um. Herr Tanderville kletterte vom Traktor, ging zu Claire, legte schützend den Arm um ihre Schulter.

Ein Auto lärmte mit der Hupe, ein blausilberner Sonstwas. Die Tür flog auf, Thimie stürmte heraus. Er sah Pierre, staunte, rief: »He, das sieht gut aus!« Er lief zu ihm, sprang an ihm hoch. Pierre erhielt seinen Kuss, nun stieg auch Robin aus, er ahmte Thimie nach, hetzte los, lief zu Missis Jö, aber er sprang nicht. Er bremste, dann lachte er, breitete die Arme aus, Schminke wechselte das Gesicht.

Noch immer kamen Gäste, begrüßten einander, schnatterten, begutachteten das Büffet, ein weiterer Tisch wurde aufgestellt, mehr Eis gehackt, eine weiße Edelkarosse mit gedunkelten Fenstern fuhr vor, zwei Männer in schwarzen Anzügen stiegen aus. Der eine untersetzt, ein breites Paket Kraft, der andere hoch gewachsen, dunkelhäutig mit Stahl in den Augen. Sie sahen sich um, sicherten die Gegend, eine Frau mit großer Sonnenbrille stieg aus, drehte sich und griff in das Auto, holte eine Geige hervor, ging zu den Musikern.

Der Junge mit dem Schlagzeug wirkte nervös. Er schüttelte mehrmals den Kopf, dann willigte er ein, setzte sich.

Die Frau nahm ihre Geige und spielte.

Niemand sprach mehr. Das Cello stimmte ein, legte sich zu der Geige, dann folgte die Posaune auf eigenen Wegen, die sich mit Geige und Cello verschlangen. Das Schlagzeug begehrte auf, hämmerte Not, suchte sich, fand eine Straße, die ihr Gesicht nicht mehr wechselte. Der Junge schlug und fuhr, die Posaune klagte, das

Cello tönte zur Erde und die Geige stieg zum Himmel auf.

Gemeinsam beendeten sie die Reise.

Missis Jö nickte. Sie sagte zu Pierre: »Es gibt keine Totenrede. Wir lassen uns nur hören, mehr nicht.«

Sie trat einen Schritt vor, stellte sich an den Abgrund des Steinbruchs, Thimie und Robin stellten sich neben ihr auf, Missis Jö winkte Pierre und er folgte. Claire stellte sich neben ihn, nun traten alle Gäste an den Abgrund, die Musiker, die Kinder der Tandervilles, die sich an den Händen hielten, der Mann, der das Eis geschlagen hatte, beide Hessensteins, Pierre sah den Klärmann, er trat vor, in der Hand einen großen, schwarzen Regenschirm, mit dem er sich vor der Sonne schützte.

Sie säumten den Steinbruch, Missis Jö sah zu ihnen, sie lächelte. Dann holte sie einen tiefen Atem, legte den Kopf in den Nacken und schrie.

Thimie heulte auf, Claire blökte, Robin brüllte. Frau Tanderville warf sich auf die Knie, ihr Mann schlug sich die Fäuste gegen die Brust, die Kinder schrien, der Klärmann kreischte. Donald stand da, mit weit geöffnetem Mund, aus dem ein Geräusch tönte, wie das Tuten eines Schiffes, das auf große Reise geht, seine Mutter hatte die Augen zusammengekniffen – sie schrien, alle.

Sie schrien zum Himmel. Und Pierre schrie mit. Er ließ los, gab frei, mit einer Stimme, die er nicht kannte, die in ihm gewohnt hatte, heimlich, in einem Schrank, den er nun öffnete. Sein Schrei fuhr heraus, durch die weit geöffneten Schranktüren, tönte zum Himmel, laut und klagend. Pierre sog Luft und schrie, lauter und wilder. Die Gewalt seines Schreis holte Wind herbei, einen Sturm, der die Wolken über dem Steinbruch auseinander riss, die Sonne aus ihrem Versteck zerrte. Der Himmel hellte sich auf, Pierre gab seine Trauer frei, seinen Schmerz, er schrie, wieder und wieder. Und er wünschte, mit der Kraft eines Fees, er wünschte, dass sein Schreien nicht nur die Sonne, dass es Medam Jö zurückholen würde, dass sie wieder da sei, in ihrem Schrank saß, in der Küche der Missis Jö, und es gab Kaffee, also rollte sie dazu, so wie es sein musste, wie es richtig war, egal, was die Welt und ihre Postboten meinen.

Erste Schreie verklangen. Pierre schrie weiter, schrie gegen die Zeit und alles, was sich nicht drehen lässt, er schrie und ihm war, als löse sich die Erde unter seinen Füßen, als hinge er in der Luft und einzig sein Schreien würde ihn halten, er schrie und wünschte, erneut und wieder, weil es sein mochte, dass er noch immer nicht laut genug war, nicht klar genug. Du musst deine Wünsche schreien, du musst sie in Klarheit schreien, damit sie in Erfüllung gehen!

Die Wolken kamen zurück. Der Himmel machte die Tür zu. Er hatte nur einmal nachsehen wollen, wer da schrie.

Pierre lag am Boden und weinte. Er hatte verloren. Missis Jö stellte sich zu ihm, streckte die Hand aus: »Komm.«

Am Abend saßen sie in der Küche, Missis Jö schlug vor, Charade zu spielen, aber umgedreht. Pierre wusste nicht, wie das geht, und Missis Jö sagte: »Es hat sowieso keinen Sinn. Robin gewinnt bei so was.«

Thimie durfte ohne Hemd in der Küche sitzen. Er fragte, ob er wieder zurück müsse oder jetzt bleiben dürfe? »Nach deinem Geburtstag«, sagte Missis Jö. Der Junge zog ein mürrisches Gesicht. »Dann bist du erwachsen«, bestand Missis Jö, »und ich hab sowieso keine Chance mehr.« Sie sah zu Pierre. »Kannst du dich kümmern, dass er dann aufhört mit dem Ausziehen?« Sie winkte ab. »Und wenn nicht, ist er alt genug. Dann muss er ausziehen.«

»Sehr witzig«, sagte Thimie.

»Ich hoffe, dass die Zeit bis dahin ruhig bleibt.« Missis Jö seufzte. »Wir müssen noch mal zu der Hersfeld, das wird auch nicht einfach. Aber vielleicht können wir was ausrichten.«

»Ja«, stimmte Pierre zu, »sie ist auch ein Opfer. Und die Täter drängen sich vor, verlangen alle Aufmerksamkeit.«

»Klar«, verstand Missis Jö, »die kann man zur Not ja einsperren. Wer beschäftigt sich schon gern mit Leuten, die man nicht einsperren kann, zur Not.«

»Man müsste sie beschuldigen«, nickte Pierre.

Missis Jö rückte zu Robin. »Wie es Mutter wohl geht?« Sie reckte den Hals, Robin bekam einen Kuss. »Es war anders geplant, ganz anders.«

Robin zeigte zum Schrank, dann zum Himmel.

»Ja«, sagte Missis Jö, »wir müssen den Schrank noch hochbringen.« Sie seufzte. »Aber wo ist der Himmel?«

Nun sah sie zu Pierre, fragte: »Sag, kann Thimie heute Nacht bei dir schlafen? Ich würde gern mit Robin allein sein, und ich bin manchmal so laut, wenn es losgeht.«

Pierre guckte misstrauisch. Thimie war begeistert. »Ja, dann machen wir Sex, vielleicht merke ich was!«

Auf keinen Fall«, brummte Pierre. Missis Jö bestätigte: »Genau! Du bist nicht volljährig, das gehört sich nicht!«

»Das bisschen Zeit noch«, schmollte Thimie. Er sah zu Pierre: »Bin ich nicht attraktiv?«

Pierre lächelte. »Du bist eindeutig der schönste Sohn der Missis Jö, den ich kenne.«

Missis Jö hatte Glanz in den Augen.

»Aber?« fragte Thimie.

»Ich bin es«, sagte Pierre, »ich bin noch zu jung.«

* * *

Aus der Reihe Critica Diabolis

21. *Hannah Arendt,* Nach Auschwitz, 13,- Euro
45. *Bittermann (Hg.),* Serbien muss sterbien, 14.- Euro
55. *Wolfgang Pohrt,* Theorie des Gebrauchswerts, 17.- Euro
65. *Guy Debord,* Gesellschaft des Spektakels, 20.- Euro
68. *Wolfgang Pohrt,* Brothers in Crime, 16.- Euro
112. *Fanny Müller,* Für Katastrophen ist man nie zu alt, 13.- Euro
129. *Robert Kurz,* Das Weltkapital, 18.- Euro
139. *Hunter S. Thompson,* Hey Rube, 10.- Euro
153. *Fanny Müller,* Auf Dauer seh ich keine Zukunft, 16.- Euro
154. *Nick Tosches,* Hellfire. Die Jerry Lee Lewis-Story, 16.- Euro
160. *Hunter S. Thomspon,* Die große Haifischjagd, 19.80 Euro
162. *Lester Bangs,* Psychotische Reaktionen und heiße Luft, 19.80 Euro
163. *Antonio Negri, Raf V. Scelsi,* Goodbye Mr. Socialism, 16.- Euro
166. *Timothy Brook,* Vermeers Hut. Der Beginn der Globalisierung, 18.- Euro
171. *Harry Rowohlt, Ralf Sotscheck,* In Schlucken-zwei-Spechte, 15.- Euro
173. *einzlkind,* Harold, Toller Roman, 16.- Euro
174. *Wolfgang Pohrt,* Gewalt und Politik, Ausgewählte Schriften, 22.- Euro
176. *Heiko Werning,* Mein wunderbarer Wedding, 14.- Euro
178. *Kinky Friedman,* Zehn kleine New Yorker, 15.- Euro
184. *Guy Debord,* Ausgewählte Briefe. 1957-1994, 28.- Euro
185. *Klaus Bittermann,* The Crazy Never Die, 16.- Euro
186. *Hans Zippert,* Aus dem Leben eines plötzlichen Herztoten, 14.- Euro
187. *Fritz Eckenga,* Alle Zeitfenster auf Kippe, 14.- Euro
188. *Ralf Sotscheck,* Tückisches Irland, 14.- Euro
189. *Hunter S. Thompson,* The Kingdom of Gonzo, Interviews, 18.- Euro
190. *Klaus Bittermann,* Möbel zu Hause, aber kein Geld für Alkohol, 14.- Euro
192. *Heiko Werning,* Schlimme Nächte, 14.- Euro
193. *Hal Foster,* Design und Verbrechen, Schmähreden, 18.- Euro
195. *Ry Cooder,* In den Straßen von Los Angeles, 18.- Euro
196. *Wiglaf Droste,* Sprichst du noch oder kommunizierst du schon? 14.-
197. *Wolfgang Pohrt,* Kapitalismus for ever, 13.- Euro
198. *John Gibler,* Sterben in Mexiko, Drogenkrieg, 16.- Euro
199. *Owen Hatherley,* These Glory Days, Ein Essay über Pulp, 16.- Euro
200. *Wolfgang Pohrt,* Honoré de Balzac, 13.- Euro
202. *Joe Bauer,* Im Kessel brummt der Bürger King, 14.- Euro
203. *Cederström & Fleming,* Dead Man Working, 13.- Euro
204. *Robert Kurz,* Weltkrise und Ignoranz, Essays, 16.- Euro
205. *Wolfgang Pohrt,* Das allerletzte Gefecht, 13.- Euro
206. *Peter Laudenbach,* Die elfte Plage, Zur Kritik des Touristen, 13.- Euro
207. *einzlkind,* Gretchen, Prima Roman, 18.- Euro
208. *Wiglaf Droste,* Die Würde des Menschen ist ein Konjunktiv, 14.- Euro
209. *Lee Miller,* Krieg. Mit den Alliierten in Europa 1944-45, 24.- Euro
210. *Berthold Seliger,* Das Geschäft mit der Musik, 18.- Euro
211. *Friedhelm Kändler,* Die Abenteuer der Missis Jö, 14.- Euro
212. *Franz Dobler,* A Boy Named Sue, ca. 14.- Euro
213. *Klaus Bittermann,* Alles schick in Kreuzberg, 14.- Euro

http://www.edition-tiamat.de